吹夢到西洲

万青峰 著

敦煌文艺出版社

图书在版编目（CIP）数据
吹梦到西洲 / 万青峰著. -- 兰州 : 敦煌文艺出版社, 2025. 2. -- ISBN 978-7-5468-2622-6
Ⅰ. I267
中国国家版本馆CIP数据核字第2024Z6E421号

吹梦到西洲
万青峰　著
责任编辑：张明钰
装帧设计：王一茹
书名题签：徐建群
敦煌文艺出版社出版、发行
地址：（730030）兰州市城关区曹家巷 1 号新闻出版大厦
邮箱：dunhuangwenyi1958@126.com
0931-2131372（编辑部）　　0931-2131387（发行部）

兰州银声印务有限公司印刷
开本 880 毫米 ×1230 毫米　1/32　印张 7.25　插页 2　字数 115 千
2025 年 2 月第 1 版　　2025 年 2 月第 1 次印刷

ISBN 978-7-5468-2622-6
定价：58.00 元

目　录

CONTENTS

书和影

三十岁前的范特西

魔鬼夜访青峰先生

2008-9-16

下班后，我打着伞回家去。

秋雨绵绵，冷风瑟瑟。盯了一天的电脑，眼睛被铅块似的天幕晃出了酸泪，头疼欲裂。我没开灯，直接和衣倒在沙发上，睡着了。

我猜他就是趁我睡着之际，偷偷溜进了房间。

我迷迷糊糊睁开眼，准备翻个身继续睡，却看到一双火红的眼睛正盯着我看。

我当即被吓出一身冷汗，他慌忙示意我不用紧张。

“我是魔鬼，”他说，“刚从这里经过，顺道来看看你，跟你聊聊天。”

我也不知道这是梦境还是现实，没好气地对他说："看我？您老人家亲自来看我，我怎么担当得起呢？没记错的话，当初您去看钱锺书先生，还借口醉眼迷离，走错了人家。[1]"

"呵呵，被你看出来了。我也觉得这个借口很烂，聪明人都不会相信——魔鬼怎么会走错路？"

我看他好像没有伤害我的意思，就继续应付他："您为什么来看我？莫非我到您老人家那儿报到的日子来临了？"

魔鬼笑道："哪里哪里，那是死神的业务，与我们无关。不妨跟你明言，就像所有自认为阅历丰富、饱经沧桑的老人一样，我也有和青年人聊天的嗜好。人之患在好为人师，魔鬼也是这样。要不是老想把自己的价值观灌输给浮士德，我上一次又怎么会输给上帝？"

听他这么说，我的睡意有些消散了，翻起身来对他说："我最近正苦恼没有一个精神导师，许多问题自己也想不

[1] 钱钟书．魔鬼夜访钱钟书先生[A]，钱钟书散文[M]，杭州：浙江文艺出版社，1997：5-12.

明白，没想到您老人家驾临寒舍，真是蓬荜增辉。说起来我对您还蛮崇拜的。弥尔顿在《失乐园》里把您塑造成革命者的形象，波德莱尔据说还信奉魔鬼崇拜，布尔加科夫在《大师和玛格丽特》中说您化身魔术教授沃兰德，带着侍从阿扎泽勒、卡洛维夫、黑猫河马和魔女赫勒一起大闹莫斯科。您大名Lucifer，原来是上帝的天使长嘛。我特能理解您老人家，被一个自以为是、刚愎自用的家伙压在身下亿万年，是我，我也反了。可是我记得《浮士德》里那个魔鬼叫梅菲斯特，也是您吗？”

魔鬼不以为然道：“你们中国神话里的神佛不都是神形百变吗？外国的神神鬼鬼照样可以。我可以是撒旦、路西法、堕落的大天使，也可以是Mammon、Asmodai、Beelzebub、Leviathan、Belphegor，甚至可以是你们中国历史上的后赵皇帝石虎、万湖会议上风度翩翩的莱因哈德·海德里希、1937年南京城下的朝香宫鸠彦王和谷寿夫、红色高棉的波尔布特、卢旺达的利西安·卡布加……我的分身不可计数。”

我恍然大悟道：“早该想到这一点了。不过最近您是不是现身人间有些太频繁了？我看基努·李维斯跟阿尔·帕西诺演的《魔鬼代言人》，还有尼古拉斯•凯奇的《恶灵骑士》，您跟电影里描述的形象颇为相似。您跟这些好莱坞的编剧们关系不错呀。”

“你昨晚不是还看了《全民超人汉考克》吗？”魔鬼做出一副无所不知的表情说道，“你看，超人也需要朋友，也害怕孤独，也需要良好的公关形象，这样才不会做了好事又被人骂。人类是很奇怪的物种，他们有时会把我当成上帝，把上帝当成我。我当然也需要一些代理人，来经营包装自己在人间的形象。不然都像《地狱男爵》那种电影一样，把我们魔鬼拍成头上长角的大猴子，我们今后还怎么在人间开展工作？”

“有道理。不瞒您老人家说，多年来我一直幻想自己有一天能有机会见到一个过去将来无所不知的人，我有好多问题要问呢。我幻想自己找到一盏阿拉丁神灯，唤出那个妖怪，他可以满足我三个愿望。其实不用三个，我的愿望就是：让我从此心想事成。这一个愿望不就解决问题了吗？没想到今天直接见到了您老人家本人，您的级别可比那些神灯里、瓶子里的妖怪高多啦，对吧？”

魔鬼面露愠色，声音也变得低沉起来，拿出一根粗粗的雪茄，手指在空中轻轻一划，指尖立刻冒出一团蓝汪汪的鬼火。

他点着雪茄，深深吸了一口，对我说：“你没做几天公务员，级别观念倒挺强嘛。在你这种中国公务员的头脑里，连魔鬼都分级别是不是？那我撒旦是不是正国级了？我告诉你，那些异教传说跟我们没有关系。我也不会帮助你实现什么愿望。你的愿望太多了，你只是一个俗人。”

我有些沮丧。“是的，”我说，“我也觉得自己是一个俗人。我想深入基层做一些实际的工作，可我有时候又想周游世界，去加拿大看瀑布。我看了一些外国书、外国电影，可骨子里还是传统的学而优则仕、用舍行藏、达济穷善那一套。我想坚持自己当初的选择，继续寂寞地坚守在现在的岗位上，可我的导师说我是读书的种子，建议我做学术去。您说，我该怎么办？干脆，我学德拉库拉伯爵，跟您签一份协议书，我把灵魂卖给您，您给我一双翅膀，赐我永生的力量，从此我不用护照便可周游世界，您看如何？”

魔鬼不屑地撇撇嘴，掏出一个黑色的小酒瓶，呷了一口说：“你说的德拉库拉伯爵，人家是特兰西瓦尼亚的世袭贵族，吸血鬼的老祖宗，你以为随便什么人的灵魂我都需要吗？有些人的灵魂，免费送我也不要。至于你，你不是做吸血鬼的材料。我敢保证你忍受不了百年孤独。你能眼看着自己当初爱过的姑娘衰老成一个满脸皱纹的老太婆，变作冢中枯骨吗？你能看着世人不停地相互屠戮，世界从乐园变成坟场而无动于衷吗？你能白天待在坟墓里，晚上出去吸人的血吗？而且，吸血鬼每一次变成长翅膀的怪物都是很痛苦的，跟狼人差不多，《范海辛》《夜访吸血鬼》《暗夜传说》之类的吸血鬼家族内部人士拍的电影你不都看过吗？别胡思乱想了，继续做你的‘人’这个很有前途的职业吧。说到周游世界，我倒是从来不需要护照。夏多布里昂说：‘海关和护照的粗俗性，即现代性，与暴风雨、哥特式建筑的大门、号角声以及激流声形成鲜明的对比。’”

我苦笑着对他说：“您老跟钱锺书先生聊天，拽文是欢迎的。跟我就算了吧，我都不知道谁是夏多布里昂。做人要是有意思，我就不会想着做个有翅膀的吸血鬼了。做人太没劲了。朝九晚五、读书识字、结婚生子、生老病死，全给你设定好了。我的时代没有激情可言。我宁愿成为嫖姚校尉霍去病骑兵军团中的一名战士，骑马从西安杀到乌兰巴托，一路铁血无情，狂飙突进。要不让我做一名中国人民解放军东北野战军的战士，从满洲关外一路打到海南岛，宜将剩勇追穷寇，横扫千军如卷席，哪怕少条胳膊断条腿，也算为壮丽的中华民族解放事业做贡献了。”

“现在你知道我为什么来看你吗？”魔鬼微笑着说，“因为你身上有我们魔鬼的气质，老远就闻得到。世界就是因为有你这样的人，才变得不太平，你们老想弄出点事。一边杀皇上，一边杀天鹅，除了忍耐，就是破坏。太平盛世，老想投笔从戎；国难当头，又不一定能舍身为国。从前一个小伙儿对我说过类似的话，抱怨生活太无聊，人生太没劲，说只要给他一个机会，他愿意为国效力，只身犯险，凿空绝域。”

“你说的是张骞？”

“正是，博望侯张骞。从前还有一个回族小伙儿，跟我抱怨自己天生命苦，命根子都没了，身为男人活着没什么意思。求我帮忙给他一个机会，他愿意像梅尔维尔笔下的亚哈船长一样，劈波斩浪，七下西洋，去猎杀那头莫比•迪克。”

“郑和！”我惊呼道。

“当然还有一个小伙儿，让我赐予他一个火热的时代，让他澎湃的爱国激情能够施展和燃烧。也怪我那天心情好，就把他送到20世纪30年代的上海，够火热了吧？他呢？勾搭了一位情人，用你们现在的话来说，还是位美女作家，然后就迅速找日本人做了靠山，什么爱国激情火热时代？汉奸、叛徒！”

我有些不快，嘟囔道：“我可对美女作家没兴趣，也永远不做胡兰成！”

魔鬼感叹道：“千百年来，我遇到过好多像张骞、郑和、胡兰成这样的年轻人。他们都跟你一样，要我给他们一个机会，哪怕九死一生，十死无生；管它流芳千古，遗臭万年，他们都愿意要，只是不愿意继续无聊地生活。”克尔凯郭尔说：“无聊是一切罪恶的根源。”众神因为无聊创造了人类，神和人一起无聊；亚当因为无聊创造了夏娃，男女一起无聊；然后是亚当和夏娃又与该隐和亚伯一家无聊……

我有些得意了，点头说：“这么看来我还颇有一些历史名人的气质啦？”

魔鬼笑了，手里的雪茄乱颤，烟灰在屋里飞舞。

“听说你小子脸皮比较厚，没想到这么厚。你要是有气质，又怎么会二十六岁了还待在这里，一下班就和衣倒在沙发上，一副颓相呢？时代不同了，别说是你，就是张骞、郑和再世，周瑜、孔明复生，也得跟你一样，乖乖待在岗位上，下班吃碗牛肉面，看部电影洗洗睡，做什么白日梦呢……”

我沮丧了，许多要问的问题竟想不起来，房间里一时出现无言的尴尬。

“你不是有很多苦恼要倾诉吗？不是有许多问题要问吗？难得我今晚有谈兴，怎么不说话了？”

我用挖苦的语气说：“您还真是好为人师啊！我原以为您来是要帮我实现愿望呢，谁知道您也跟我一样，找不着人唠嗑，就见人搭讪，是人就给掏心窝子，永远改不掉的交浅言深。您把一切都说得这么直白透彻，让我今后怎么面对惨淡的人生？青年人需要鼓励，您老不懂吗？难怪浮士德最终还是选择了上帝。”

魔鬼面露怒容，说道：“我真想骂脏话了。考虑到你可能把我们的谈话写成文字，算了。你不要以为我多么稀罕浮士德，当时的情形是，我跟他讲明了，他爱选谁选谁。选我呢，一个字：爽；选上帝呢，两个字：穷酸。结果他选择了后者。就像你现在又想做学术一样，你觉得工作无聊，想着校园多么纯洁，你真要搞学术去了，也跟浮士德一样皓首穷经而已。你要明白，这个世界上，真正吃香的是我们魔鬼。尼采说上帝死了，福柯说人死了，罗兰·巴特说作者死了，希利斯·米勒说文学死了，你可曾听过有什么人说‘魔鬼死了’吗？这个世界上，魔鬼永远不死。你要学会与魔共舞！”

我想真要把这老家伙惹怒了也不好收场。我婚都没结，这会儿被他拉到地狱去，不大划算。得好言好语把他聊舒服了，打发他走，反正什么好处也捞不着。

主意拿定，我谄媚地对他笑了笑。“您老别生气，其实吧，您刚才讲得都特有道理，对我这种年轻人而言，可谓终身受用。我还有个问题向您请教，王尔德说：‘男人与女人之间的关系只有两种，即爱和恨，而不可能存在友谊。’这话靠谱吗？”

魔鬼情绪平复了一些，又喝了口酒说：“王尔德？术业有专攻，同性恋怎么能知道男女之间的事情？你连这点都没想明白，我真是高看你了。”

我黯然道：“其实不光是您，全世界都高看我了，我总让世界和我自己失望。”

魔鬼哈哈大笑，一口酒差点没喷出来。“青峰啊，你的书都白读了，电影都白看了是吧？你在北大时，不是跟同学采访过彭浩翔吗？《青春梦工场》的主题是什么？‘当你觉得自己对世界很重要时，世界才开始准备原谅你的幼稚！’世界怎么会对你失望？世界根本不知道你，没见过你，懒得理你！”

我赧颜地说：“我失言了，我今天头疼，聊天状态不好。”

魔鬼笑了笑说：“你好像下逐客令了，不过我也该走了，地狱里最近也不太平，部门改革，有些小鬼下岗了，成天在我办公楼前散步，还暗中串联，越级上访，计划到天堂找上帝，让他收回地狱管理权……”

“原来您老人家也这么多烦心事啊！”

“谁人无烦恼，何必天下知？总的来说，Nice Talking，比上次和钱锺书聊天愉快多了。老钱那时觉得自己学富五车，可在江湖上仍然未享大名，《围城》写出来颇有争议，王元化批评它是‘一幅有美皆臻无美不备的春宫画，一剂外包糖衣内含毒素的滋阴补肾丸’；杨绛还因为书里泄露了她和老钱的恋爱史，被老钱塑造成孙柔嘉而大发雷霆，成天摔碟子砸碗，在《报李黎书》中强调‘我就是唐晓芙的模特儿’。她要真是无可争议的唐晓芙原型人物，就不会这么此地无银三百两式地公开讲了吧？人们也不会总说老钱心中的白月光唐晓芙的原型其实是何灵琰、赵萝蕤。”

“不是吧？我看杨绛女士的《我们仨》，人家那叫一个学海无涯情作舟，贤伉俪共度艰难岁月，好得一辈子没红过一次脸。”

“青峰，记住，人为什么喜欢看电视剧、电影、小说、传记？因为那都不是真的。真实的生活中，每个人都和你一样，会在厕所里看小说，会吵架，会崩溃，会被劈腿，会遇到人渣。我曾在地狱里听到你说，四十岁以前不看电视剧，可你昨晚不也看了半集《我们俩的婚姻》？言不由衷，戴着面具，精装修的朋友圈与毛坯房的生活是每个人的人生常态。”

我羞愧地对魔鬼说：“那电视剧教男的出轨，还是跟老婆闺密出轨；教女人变泼妇，净跟婆婆、老公撒泼……没法儿看。世风日下，人心不古，电视剧真没法儿看，我昨晚心血来潮而已，我向您保证40岁以前不看国产电视剧。”

魔鬼忙不迭地说：“你不用解释，别解释，解释就是掩饰。行了，时间差不多了，来，你喝一口我的酒，保证你永不再犯头疼的毛病。下回你再见到我，就是告别人世的时候啦。”

他用乌黑修长的手给我递过来他的酒瓶，我想，喝吧，皇家礼炮能买着，年份茅台能喝到，这酒比尔·盖茨也未必喝得着。拿过酒瓶，扬头咕嘟一下闷了一大口。

魔鬼收好酒瓶，对我咕哝了一句“晚安”。我正打算起身相送，就觉得肚子里像火烧一样，一股酒劲直冲脑门儿，一头栽倒在床上。我瞪着眼睛，只见魔鬼叹了口气，静静地飘向屋外，墙壁似乎不存在似的，消融而吞并在夜色之中，仿佛一滴雨归于大海。

我又睡着了。

对她说

2008-11-20

我又想起了培卓·阿莫多瓦的《对她说》，想起了陈村的散文《给儿子》。

我在想，假如以后我有了一个儿子，他傻傻地告诉我，自己爱上了一位姑娘，我会对他说些什么。

他一定血气方刚，像我一样热爱祖国，关心政治。他会出人意料地拒绝在北京、上海就业，嚷嚷着要去克拉玛依为祖国勘探石油，去青海黄南藏族自治州。他羞涩又好斗，他质朴而多愁。他爱上的姑娘笑起来声音像丝绸。

他读一位叫安妮宝贝的作家写的书，里面说“表白是变相的索取”，他不想做一个索取的人。他还没有想明白，爱的表白是坦然、勇敢而美丽的事情。他遇到好多人，跟他说好男儿志在四方，后面的路还很长。他还没有想明白，浮生若梦，家园是真，后面也可能只有荒凉。

他紧张，忐忑；他慌忙，闪躲。他在人家姑娘面前装傻充愣，环顾左右，任凭她煞费苦心的种种暗示变成被丢弃的绣球。

他用读书时专心读书，工作后再考虑个人问题搪塞自己；用千言万语尽在不言中，总有一天她会明白鼓励自己。他想牧马人不能总是躺在帐房，自己不能总是想着姑娘。

他骄傲，害怕表白会伤害自己的骄傲。他自卑，生怕自己配不上那位好姑娘。他担心自己的个头儿矮，也担心自己没有六块硬鼓鼓的腹肌以及温柔谦逊的好脾气。

现在，他问我该怎么办。假如我父亲做得足够好，他会跟我说，会来问我该怎么办。

他是幸运的。

我得给他一张卡，要他把人家姑娘邀请到最好的餐厅，有厚厚的毛茸茸的地毯，有静谧的素净的餐桌，有穿着晚礼服的女士弹着熟悉的钢琴曲。对了，出门前千万别忘记修修胡须，理理头发。

我得告诉他，要他对人家姑娘把心里的话说出来。告诉她，已经很久了，他爱她，他想带她去远方，离开喧嚣的大城市，开创自己的大场面。他会好好待她，最温柔最温柔地带她去体验生命的广阔，请永远不要低估一个男孩的承诺。

可是我怕到了那时我说不出这么多，我怕到了那时他觉得我说的话过时又啰唆。

可我还是一定要告诉他，哪怕他急着要走，哪怕他眉头很皱。

听我说，就只有三个字：

对她说。

不然，孩子，很快，也许就在二十六岁零十二天的时候，你就会后悔。

那份爱再也找不回来，终成覆水。

晏小山同学

2009-3-17

父亲在事业上的成就已经不可能超越。老人家十四岁以神童入试，赐进士出身，命为秘书省正字，迁太常寺奉礼郎、光禄寺丞、尚书户部员外郎、太子舍人、翰林学士、左庶子、右谏议大夫兼侍读学士加给事中，进礼部侍郎，拜枢密使、参知政事加尚书左丞、集贤殿大学士、同中书门下平章事兼枢密使、礼部刑部尚书、观文殿大学士知永兴军、兵部尚书，封临淄公，谥号元献，世称晏元献。他呢？只做过颍昌府许田镇监、乾宁军通判、开封府判官这样的芝麻绿豆官。早就放弃了前程，收藏了理想。不愿意生活在父亲的庇护下，不高兴去重走父亲的功名路。兄弟姐妹又多，他排行第七，生性孤傲，疏狂磊落，放纵不羁，不为父母所喜。大宅门里多的是繁文缛节，钩心斗角，少的是碧海青天，知己红颜。

所幸生活在11世纪的中国。北宋，整个中国历史上最开明最温婉的王朝。知识分子的黄金时代。就喝酒，就玩。富贵悠游、声色犬马，舞榭歌台、醉生梦死。沈廉叔、陈君龙，还有莲、鸿、蘋、云，老友记，七人行。夏夜里点着蜡烛，夜风穿堂，幔帐摇曳，女孩们指若春葱，皓腕胜雪，足似春钩，步生莲华。大家一起K歌，男生写词，女生唱曲。花开那夜，从不忧伤。有时候他觉得自己喜欢上了这四个女孩，可有时候他觉得自己其实喜欢的是这样度过时光的方式。

与生俱来解释不清的骄傲。暴得大名的苏东坡来见，只是让仆人告诉他，“今政事堂中半吾家旧客，亦未暇见也”——范仲淹、欧阳修、韩琦这些现今主政当权的父亲门生我都懒得见，见你就更没时间了。小沈去世，小陈病倒，莲、鸿、蘋、云嫁人的嫁人，早夭的早夭，风流云散，一别如雨。诗歌宴笑裘马轻狂的午后时光不再了，清谈扯淡喝酒打牌的纯真时代到头了。“彩袖殷勤捧玉钟，当年拚却醉颜红。”“年年陌上生秋草，日日楼中到夕阳。”就总是在怀旧，就总是在念想。大概只有他对朋友们才这么依赖，所以黄庭坚说，晏叔原“人皆负之而不恨，己信之终不疑其欺己，此又一痴也”。

竟然一不留神活到了七十三岁。他其实不想活这么久的。他其实更愿意死于盛夏、死于安乐、死于青春，葬于繁华、葬于净土、葬于爱情。是的，爱情和怀旧是他一生的主题。民生多艰，关我何事；奸佞当道，我也没辙。有时候，真的很难分清，是他像普鲁斯特，还是普鲁斯特像他。小蘋斟满的那一杯女儿红，多么像普鲁斯特念念不忘的玛德莱那小点心。

《鹧鸪天》，他最爱的词牌。“碧藕花开水殿凉，万年枝外转红阳。升平歌管随天仗，祥瑞封章满御床。 金掌露，玉炉香，岁华方共圣恩长。皇州又奏圜扉静，十样宫眉捧寿觞。”虽然是马屁，可拍得神宗乐不可支。千年以后，谁会记得晏殊其他的儿子？谁会记得晏家一人之下、万人之上，鲜花着锦、烈火烹油的盛景？人们只记得那个沉迷于花天酒地，不务正业的老七；只记得他和小沈、小陈，还有莲、鸿、蘋、云的老友记、七人行；只记得他写过的一首首“淡语皆有味，浅语皆有致，求之两宋，实罕其匹”的《鹧鸪天》。

他就是小晏。那个生活在11世纪的开封市，每天喝酒K歌写词，过着一名小公务员无聊生活，像我们一样寂寞，一样平凡，一样喜欢写自恋文字感伤过往的，晏小山同学。

晏几道《鹧鸪天》存约八首，妙者其三，录之。

其一：

小令尊前见玉箫，
银灯一曲太妖娆。
歌中醉倒谁能恨，
唱罢归来酒未消。

春悄悄，夜迢迢。
碧云天共楚宫遥。
梦魂惯得无拘检，
又踏杨花过谢桥。

其二：

醉拍春衫惜旧香，

天将离恨恼疏狂。
年年陌上生秋草，
日日楼中到夕阳。

云渺渺，水茫茫。
征人归路许多长。
相思本是无凭语，
莫向花笺费泪行。

其三：

彩袖殷勤捧玉钟，
当年拚却醉颜红。
舞低杨柳楼心月，
歌尽桃花扇底风。

从别后，忆相逢。
几回魂梦与君同？
今宵剩把银釭照，
犹恐相逢是梦中。

海龟的故事

2008-11-24

许多年后，面对捕鱼船上举起大砍刀的水手，我想起，陪着琪琪去玫瑰海滩产卵的那个下午。

那是在我二十六岁的一天，我一个人在纽芬兰渔场兴高采烈地追赶着一大群鳕鱼。那时的纽芬兰渔场，还是“踏着水中鳕鱼群的脊背就可以走上岸”的天堂。每年夏天，我都会盛装来这里参加海龟们的盛宴。凶恶的蠵龟，温暖水域赶来的玳瑁，成群结队的大西洋丽龟都来跟我们抢鳕鱼吃。可是我不怕，因为我是一只棱皮龟——海龟中最大的种类，体长可达 3 米，重达 900 千克。当然那时我只有二十六岁，还远没有人类传说的那么健壮。

我妈妈在玫瑰海滩产下了143个卵，我是唯一长到二十六岁还活着的孩子。大约有一半没到大海就被海鸟叼走了，另一半被等候在浅海里的虎皮鲨、鲟鲨之类的吞食了。我是唯一长到二十六岁还活着的孩子。

琪琪绷着脸赶着一大群鳕鱼从我身边掠过的时候，我兴奋得简直有些头晕目眩。在浩瀚的大海里，一只棱皮龟遇到同类几乎是一个跟中彩票差不多的小概率事件。从出生到二十六岁的漫长时光里，从亚速尔群岛到日本海的广阔海域中，我只遇到过三只棱皮龟，其中两只是要去马来半岛的海滩产卵的准妈妈，另一只是位一百四十多岁的老爷爷。琪琪很棒！他追赶鳕鱼时的速度和勇猛让我觉得他才是只真正的、发育成熟后在大海里几乎没有天敌的棱皮龟！更令人欣喜若狂的是，他跟我差不多大。

我游过去跟他搭讪，我们很快就成了好朋友，并且在那年秋天一同去阿根廷海岸吃小海狮。每年秋天，大洋里的逆戟鲸群就会准时出现在阿根廷瓦尔德斯半岛的浅海里，随时准备冲上海滩去吃鲜嫩的小海狮。他们吃剩下的海狮肉，正是我们不远万里赶去品尝的佳肴。

我们认识了一只夏天才出生，名叫兔兔的小逆戟鲸。兔兔是个男孩，他妈妈希望他能快快长成海里的霸主，像他爸爸一样一次捕食17只海豹、26只海豚，还有数不清的大乌贼。可兔兔很胆小，喜欢跟我和琪琪一起等在深海里吃剩肉。我们一起潜泳、聊天、捉螃蟹，有一次害兔兔妈妈一口气游到智利海岸找我们。

秋天过去，兔兔不知不觉长大了。而琪琪和我才真正相互认识对方，原来琪琪是只雌龟！我一直以为她是只雄龟。恰恰相反，她一直把慢吞吞、羞答答的我当作一只雌龟——年轻的棱皮龟性别本来就不容易辨认。更令人吃惊的是，琪琪竟然是和我同年在玫瑰海滩出生孵化的！

我喜欢上了琪琪。她飞快的泳姿，聪明的捕猎，月亮一样的眼睛让我痛苦地甜蜜着。二十六岁的棱皮龟，已经可以感受到爱了。

那年冬天，兔兔一家要去白令海捕食白鲸。我和琪琪商量到婆罗洲过冬，可是半路上我俩被洋流吹散了。不过不要紧，我俩以前都去过那里，约好在深海里的一个大礁石上见面。我急急忙忙往婆罗洲赶，花了三个月时间，终于在那个日思夜想的大礁石上见到了，我美丽又勇敢的琪琪。

我们一直在婆罗洲待到五月，每天都在一起，吃不完的石斑鱼，晒不够的阳光。有好多次，我想跟琪琪说我喜欢她，就快要说出口了，可我还是不敢。我怕她要是生气了扔下我，我就再也找不着她了——大海太大了。

有一天，琪琪忽然说要去玫瑰海滩。她说她怀孕了，要返回自己的出生地产卵。她说我是个傻瓜，她怀孕这么久了都看不出来。她说在和我失散的日子里，她遇到了一只健硕的雄棱皮龟，并且爱上了他。她说现在，她要第一次在月夜里回到玫瑰海滩，生育自己的后代。

我实在没有更好的语言来形容当时的伤心了，就好像被人类捉住，砍下了四肢，掀掉了背壳一样地疼。我真想扔下琪琪，冲向深海，十年二十年不见一只同类。可是当我看到她臃肿的身体，想到婆罗洲距离玫瑰海滩漫长的路途，想到一路上会有虎鲨、大白鲨等着她，我放弃了。我决定陪她去玫瑰海滩。

曾经有一只老棱皮龟跟我说，人类有一个家喻户晓的童话故事，名叫《海的女儿》。故事说大海里的人鱼公主因为爱上了人类的王子，为了参加王子的舞会，不惜把自己的鱼尾变成人类的双腿，穿了最漂亮的水晶鞋，和王子跳了一支舞，其实她的每一步都像是在刀刃上行走。雌海龟何尝不是如此？雄海龟一生都不上岸，只有最优秀的雄海龟，才有雌海龟会为他忍受刀割一样的痛楚，爬回出生的海滩生育后代。老海龟说，雌海龟上岸、挖坑、生产的过程，是一次漫长的酷刑。现在，琪琪就要为她爱的人经历这场酷刑了，只可惜那个人不是我。我想琪琪心里也许在想，这时陪伴在她身边的人是他而不是我该有多好。

琪琪在一轮大大的白月亮的照映下登上了玫瑰海滩。我在浅海里注视着她。连续好几个晚上，琪琪都找不着温度和沙砾粗细合适的地点。直到第五个晚上，她才顺利生产。

她细心地盖好最后一刨沙子，冲我微笑着，疲惫又满足地爬回大海时，我忽然觉得很伤心，她是在对我微笑吗？我潜下水，决定离开琪琪。她已经安全了，不久就可以边在周围海域捕食，边看着自己的孩子们破壳而出，爬向大海了。我是时候离开了。

再见了，生我的玫瑰海滩；再见了，我亲爱的琪琪。

没有什么地方可以去，我毫无目的地开始了自己在大洋里的巡游。是不是每只成年雄性棱皮龟都要经历这样的孤独旅行？从阿拉伯海到印度洋，绕过塔斯马尼亚岛，经复活节岛，沿着东太平洋，经阿拉斯加湾，直到南中国海。我也不知道自己一个人旅行了多久。七年？十三年？无所谓，反正海龟有的是时间。有一天我在科曼多尔群岛遇见了兔兔，他正带着自己的孩子，狂暴地追逐着一只座头鲸。那只可怜的座头鲸最后竟然自己不小心撞死在礁石上。连胆小的兔兔都成了一个伟岸的父亲，我想我一个人旅行了太久太久。

兔兔见到我很高兴，邀请我去他们的猎场玩，我拒绝了，我对他说，我在找他的琪琪姐姐，她失踪了。

是的，我其实一直在找琪琪。自从在玫瑰海滩分手，我就再也没有见到过她。我返回过玫瑰海滩，那里冒出了好多人类的别墅。我去过纽芬兰，也去过婆罗洲，但是再也没有见到琪琪。

我就一直在大海里巡游，期望遇到一只同类，祈盼遇到琪琪。

终于有一天，我被深海捕鱼船的渔网困住，关进水笼，等待宰割。他们说，我的龟板可以滋阴潜阳、清火明目；我的肉、血和胆可以治气管炎和哮喘。

临死前那一刻，我想起了自己在玫瑰海滩破壳而出奔向大海，想起了在纽芬兰渔场遇见绷着脸追赶鳕鱼群的琪琪，想起这些年自己漫长而孤独的旅行，想起陪着琪琪去玫瑰海滩产卵的那个下午。我想自己已经活得太久了。我闭上眼睛，等待冰冷的刀锋掠过脖子，耳畔响起了一首和琪琪在一起时经常唱的歌：

挥霍了一起阳光，
那阵欢畅的波浪，
像极了你潮湿的向往。
那些不经意的时光，
忘在光着脚贝壳上，
大海有最忧郁的爱情，
因为海并不再有你。
我走回我蓝色的故乡，
寻找那一起阳光，
也许我会把你忘记。

史蒂芬周

2012-1-7

有一天你不再能让我笑，

有一天看到你头发杂白表情寂寥，

有一天网上报道说你跟二十一岁的嫩模同游日本，

我知道那只是疲惫的喜剧演员在打发无聊。

1982 那一年多么美好，

党的十二大打定主意，中国特色社会主义开始要搞，

马岛战争终于结束，阿根廷我不为你哭泣，你只会逃跑，

阿里埃勒·沙龙在流着蜜与奶的迦南地指挥贝鲁特大屠杀，他现在成了植物人什么也不知道，

韩寒张杰蔡卓妍郑元畅阮经天蒋小涵林依晨还有我，

爬出产道开始寻找，

而你，刚刚开始在《射雕英雄传》里跑龙套，

还很严肃地跟导演说，我伸掌挡一下再死好不好？

1995 年，至尊宝在机场的车站，

想娶白晶晶可紫霞仙子要当小三，

那部电影，

载满了纯真年代和高考的苦难，

还有小西湖姐姐家上灰姑娘网站的图案。

那部电影，

看到现在还没厌，

却成为我青春日记的一卷，

千金不换，

至尊宝是我的另一半，

他给我标记成长的魔戒指环。

1992 年，十大卖座港片你占了七个，前五名还被你包揽，

喜剧之王毫无悬念正式加冕，

捧红了一个无知少女，后来她的不雅照人人都看见。

多年后在燕园我遇到一个新疆来的卷发小伙儿，在宿

舍床底下收藏了几箱子碟片，

他管自己叫坐在桌前的尹天仇，我们晚上熄灯了边扎金花边聊斯坦利·库布里克，你还有英格玛·伯格曼。

踢完少林足球你又开始练功夫，不断刷新港片票房纪录还顺带致敬偶像 Bruce Lee 大兄唐山，

朱茵很不错 Karen Mok 多国混血多才多艺为你自毁形象不计得失很讨人喜欢，

可惜你变成个花心大萝卜绯闻女友一连爆出一大堆其实真爱好难，

移民加拿大法官说你有黑帮背景讲什么也没用白白起诉几番，

这些我都无所谓，我只是喜欢你的作品其他与我无关。

可是现在的你真的变得有些太二，

少林足球二功夫二大话西游也有二名叫除魔传奇拍前传，

电视上看到你表情木讷，在西安拜访道教会长难不成想求仙？

两鬓斑白我不信你跟那些十八九岁立志集邮的傻妞们

有兴缠绵。

喜剧之王老了，喜剧之王老了，我只能对你说一声谢谢，珍重向前。

有一天你不再能让我笑，

有一天看到你头发杂白表情寂寥。

我忽然想起那一天晴空万里你穿着蓝 T 恤衫戴着蛤蟆镜在店前率众狂笑，

那是你照片中我最喜欢的一张。

史蒂芬周，史蒂芬周，你是永远的史蒂芬周，

读演员的自我修养，叹曾经的年少轻狂。

恩格斯

2012-12-16

他讲得比我好但想得和我一样。

我不想结婚只想一个人流浪，

资本主义冒险岛生机勃勃不像我那容克地主和绝对精神统治的故乡。

我没觉得他是弥赛亚，我的取向也正常，

我爱上一对姐妹我还要经营工厂，

研究淫游、群婚、“普那路亚”家庭我其实相当开放，

看不惯人剥削人我写下《英国工人阶级状况》。

他死后我并没有停止思考，

有一个小伙儿叫卡尔·考茨基常常给我帮忙，

资本主义也好社会主义也罢终究只是手段，

只要人与人之间自由平等诚信友善选什么道路无妨。

我不是他的附庸、门徒和牛郎，

我不是先知、领袖和神像，

我是弗里德里希·恩格斯，

二十四岁漫步伦敦街头，为那些住地下室的人黯然神伤，

从那时起我就决心把奴化、物化和异化人的制度埋葬：

全世界无产者联合起来，我们要教官僚、阔佬和坏蛋心慌，

全世界无产者联合起来，信不信有一天世上不再有王侯将相，

全世界无产者联合起来，我们永远不会放弃反抗，

全世界无产者联合起来，我们生来就是这样疯狂。

桃李春风一杯酒

从南京到敦煌

2009-9-20

一

2005年10月，我和侯想想还有另一名女同学三人赴南京做“公共新闻”的课题。当时觉得很新鲜，感觉读研和读本科就是不同，可以拿着导师的钱以采访的名义去外地旅游了。我们约略采访了杜骏飞、展江、蔡雯、江苏电视台新闻中心主任和一两位“知名”节目主持人。说是知名，可他们的名字我现在一个都想不起来。事实上，我现在连什么是“公共新闻”都解释不清楚了，只记得这场本应开心有趣的访学游玩活动因为我和侯想想两人的意见分歧而不欢而散。一路上气氛仿佛南京大屠杀纪念馆般凝重无语。

我瓮声瓮气地一路看塔尔蒙的《极权主义民主的起源》，她则咬牙切齿地安排着所有的行程。现在想想，当时大概我主张记者只是报道者，而她主张记者应该是代表者——纯粹的“学术分歧”，但其背后掩盖着的是我和她同样的倨傲。回北京后要做Prcsentation，我俩的矛盾简直不可调和，索性各做各的。一堂课后，随后的两年时光里我们大概拢共只说过两次话，一次是去学院办事，一起走回寝室，路过百周年纪念讲堂，说是不是一起去看场电影，不知为什么又没有去；一次是毕业散伙饭，她姗姗来迟，我最后一拨走，和她一起走回小西门。自此而后，各奔东西。

二

求职的时候，碧桂园财大气粗地包机接所有进入终面的人去广州参观。我因为没有投简历，只好酸溜溜地听一位本科学妹跟我讲她们的广州之行。她说遇到好多新院的研究生，一起玩游戏挺开心，有谁谁，有谁谁。列举到半路就有些吞吞吐吐，我问还有谁，她犹犹豫豫地说还有侯琼。我说喔。她说你俩不是关系不好吗……我心下暗惊，这点破事居然连本科的同学们都知道了，噢卖糕！斗转星移，那时的她成了声震未名的 Offer Queen，我还在焚膏继晷炮制自己那 11 万字的毕业论文，期盼着拿到优秀毕业论文聊以自慰。谁知道当年学院取消了优秀毕业论文的评选，我悄然离京。我和室友都践行了“离京就业”的既定方针。我们是说到做到的小伙儿。

三

假使我有一个哆啦 A 梦的抽屉，钻进里面就可以回到过去，我真想回到 2005 年 9 月。我想跟那个刚从上外考到北大，编号 10518004 的小胖子好好聊一晚上。我想知道小伙儿到底在想什么。时光是那么短暂和宝贵，实习有一纸鉴定就行了，不必在新华社、兰州市委宣传部、凤凰卫视来回折腾。家里给的钱又足够你花，何必去达德带什么广播电视新闻课程？新闻网的稿子写写可以了，一学期发 40 几篇稿，硬是把潘聪平的发稿王抢来又有什么意思？毕业论文有 3 万字就可以拿到学位了，一口气写 11 万字也不能证明你思想深邃。这些真的是你想要的吗？和同学一起做课题，重要的是培养团队意识，所谓的学术观点不必过于坚持。毕业几年后你就会发现，你涨红了脸坚持的所谓“学术观点”，其实没有意义。因为你，连同你的观点，对这个世界而言，一点也不重要。不久连你自己都会忘记自己坚持的究竟是什么。记者究竟应该是客观的报道者还是激情的代表者，这个问题同约拿旦·斯威夫特在《格列佛游记》中嘲笑的鸡蛋应该从大头吃还是小头吃一类问题一样无聊。谁爱报道，报道；谁爱代表，代表。后来你们都不会去做记者的。小伙儿呀小伙儿，你究竟在瞎忙活什么？的确，有句古话是说宰相起于州部，猛将发于卒伍，你以为你也行吗？你那小里小气的心眼儿里怎么就装了那么多不切实际的雄心壮志呢？你到底在想什么？

四

9 月 13 日，在中川机场喝了一整天咖啡，从早晨 9 点多到晚上 9 点多，接了十几拨记者跟官员。侯想想同学倒数第二拨到，我接了最后一拨人，随后赶到宾馆。机场里没说几句话，去她房间找她聊天。其实不尴尬，因为几乎天天在MSN上聊天，彼此熟悉而亲切。尴尬的是开门时她穿了件还蛮cute的小裤裤，我不流鼻血都对不起这场合了。我自作多情地以为这是我作为老同学的特殊待遇，后来发现不管谁去她房间，她都这样接待。女同学长大了，学会展示美腿了。她还带了套茶具作为我即将搬迁新居的礼物。

其后的几天一直都在一起。武威、张掖、酒泉、嘉峪关、敦煌。文庙、雷台汉墓、大佛寺、万亩葡萄园、西路军纪念馆、湿地公园、风电基地、嘉峪关、莫高窟、月牙泉、鸣沙山……发现我跟“侯秘书”有不少相同点，譬如她分不清自己究竟是湖南人还是湖北人，我也始终分不清自己是青海人还是甘肃人；譬如她高考要报清华结果却考到了青政，我高考要报北大结果却考到了上外；譬如她是新媒体的第一，我是新闻学的第一；譬如她毕业论文写的是星座传播，我也对星座塔罗之类的“洋迷信”颇感兴趣。当然，区别也是显著的。譬如她在中央局，我在地方处；她到每个地方都同领导坐主桌，我到每个地方都在清点人数随便凑合。酒泉市的领导高度重视此次活动，副市长带了多个局的局长介绍市情、回答提问。之后的宴会上，还有歌舞助兴，我俩被迫合唱了首《同桌的你》。一路上总有人问我："那个中央的侯秘书是你的同班同学？"我只好自我解嘲地回答："是啊，念书时我是团支部书记，她是学习委员，一工作，人家就成了我的上级领导了。"

五

有时候我觉得对同一件事情，我的认知跟别人会有不同。因此我有时会想，或许仅仅是我认为，我和侯想想关系不好，她并不这样认为。不过此行证实了这种揣测是错误的。因为她两次跟同行的人说，我俩是同班同学，那会儿关系可不好了，吵架吵得恨不得动手打人。好了，现在我了解，对于我俩关系不好这件事情，我们的认知是一致的。在鸣沙山顶上，她忽然要教我唱雷光夏的《原谅》，"我却原谅了你，像海洋原谅了鱼"。"原谅"，这是一个多么美好的词。

一路上说的最多的词，就是"和解"。我说我现在向往两种境界。一是内心要舒展，这是陆洲父亲在给陆洲的信里写的话，我却记得很牢。二是和生活和解，这是她跟我反复唠叨的话，我想我也会记得很牢。我们都长大了。她说她最大的缺点是刻薄，我说我最大的缺点是小气。我们终于开始慢慢了解自己的各种缺点了。当然彼此说的话都还是那么矛盾，她一会儿说你长大了，在这边干得不错；一会儿说你关心和关心你的人都在北京，你一个人待在这边干吗。我说其实在哪儿问题都是一样的。我无非面临着两个问题。一个是尽早能干起来的问题，这个问题在哪儿都不容易解决，北京也许更难；一个是找个好姑娘的问题，好姑娘在哪儿都是稀缺资源，北京也没有哪个姑娘等着嫁我。

六

在各个宾馆的洗手间里，我读完了费多尔·米哈依洛维奇的传记。费多尔·米哈依洛维奇是谁？就是陀思妥耶夫斯基了。在法国作家多米尼克·阿尔邦的这本《陀思妥耶夫斯基》里，传主忽而被称为费多尔，忽而被称为费佳。一本精神传记，别指望读完它能了解陀思妥耶夫斯基的生平，连他活了多少岁娶了几个老婆都没有写明白。作者专注于传主那本就被癫痫病折磨得无比复杂疯狂的精神世界。地下室、弑父与弑君、轮盘赌、十字架与刀、波莉娜、罪与罚……精神宗教和神秘主义，对傅立叶、巴枯宁的怀疑，与别林斯基、车尔尼雪夫斯基的论战。许多精美的插图。在第21页，作者写道："诚然，打击和欣喜是人生中不可缺少的部分，正因如此，它们才能唤起那些意象：岩石之所以深埋地下，是为了磨砺出它所渴望的纹理。"

什么是我所渴望的纹理？

七

敦煌机场很小。我最后一个离开，一连送了四拨人，侯想想一行是最后一拨。我包里有一万多块钱的发票，我俩在机场刮发票玩，她刮出两张"奖金贰圆"来。她说有空来北京玩，我说最好是贵局有什么干部培训借调之类的机会，你把老子弄到北京玩个一年半载的。一会儿安检，她就头也不回地消失在候机室了。我发短信说，你个猪头跟我挥挥手会死啊，她说老子最烦送人跟被送了，你个挥手狂忍忍会死哟。

于是，河西行到此结束。

从南京到敦煌，总是同窗。

从燕园到职场，学会原谅。

三千里路同行，不诉离伤。

对于 12 岁就离家去外地读书的我来说，生命中什么东西最重要？

我想有两样。一样是事业，另一样，是朋友，是朋友。

湖畔记者的无怨青春

2011-3-1

2007 年 7 月，我在甘肃省军区教导大队结束了一周的军训，来到省委党校开始为期一个月的选调生培训，其间陆续有一些省直单位来挑选和面试我们。我们的带班老师抽调自省卫生厅，大概是近水楼台先得月的缘故，卫生厅第一个来党校挑人。厅办公室主任请我和一位清华的同学吃了顿饭，我被单独安排见了两位副厅长。事后才知道那顿饭就算是一次面试，我通过，那位清华的同学没有。然后作为那一届中第一个落实了工作单位的选调生，我被通知培训结束后到甘肃省卫生厅办公室工作。带班老师用一种客气的语气对我表示了即将成为同事的欢迎，并神秘地向我透露，我应该能赶上厅里即将开始的福利分房。

人生失意无南北，田园将芜胡不归？自从毕业前夕和睡在上铺的兄弟在一个斗完地主的昏沉晚上共同定下了“离京就业”的原则，自从参加了自己家乡的选调，我就一直无所萦怀，抱定坚决服从分配的心思，去甘南藏区可以；去国扶县、省扶县也行。现在组织上因为我是研究生的缘故，决定让我留在省直机关工作，这对我已经是意外之喜了。至于具体是什么单位，我没有什么概念，也没有太多想法。只是在各种场合反复引用闵维方书记在毕业典礼上的讲话：为而不争，劳而不怨。

然而不久，我接到省委宣传部干部处长的电话。电话那头告诉我，由于我的简历上明白无误地写着，我在校期间曾担任过北大新闻网校务部部长，并获得过优秀稿件奖、突出贡献奖等荣誉，省委宣传部的领导有意选我去省委外宣办网络管理处工作，请我在一两天内决定，是去卫生厅还是外宣办。

我迷惘了。让一个刚刚走出校门的新闻学硕士研究生即刻做出这种决定显然超出了他的能力范围。于是我老老实实找到选调生班老师，表达了我对卫生厅和外宣办都没有什么概念，听凭组织分配的意愿。那位老师对我这种不像80后，更像是20世纪七八十年代大学毕业生的表态表示了赞赏，教我安心培训。半个月后，在学员去向公布大会上，我被第一个宣布：省委外宣办。

据说一只南美洲亚马孙河流域热带雨林中的蝴蝶偶尔扇动几下翅膀，可以在两周以后引起美国得克萨斯州的一场龙卷风。如果这个世界上真的有蝴蝶效应存在，那么2005年的一天，我在燕园闲逛时，无意间看了一眼某个校园组织的招新宣传板，并现场填写了一份报名表这件小事，显然在两年后对我的职业生涯产生了决定性的影响。那时的我还分不清燕园里形形色色的社团、组织、机构之间的区别，只是觉得既然我的专业是新闻学，那么课余找一个可以采访、写稿、发表文章的地方，开开眼练练笔，是挺好的事儿。当然，我参加北大新闻网学生记者团还有一个隐秘的原因：研究生班的同学们联系松散，除了同寝的室友，我在燕园里几乎没有别的朋友。参加新闻网不是可以认识其他学院的同学吗？

不久我通过了面试，正式成为北大新闻网学生记者团的成员。接下来就是许多个周末晚上被通知到红一楼开会，那位面试我的名叫杨晓华的男老师，开起会来脱稿能讲一个小时，每每让坐在角落里立等回去跟室友们看曼联队比赛的我着急上火。那位面试我的名叫刘静的女老师，原来毕业自大名鼎鼎的人大新闻系，刚刚来到北大宣传部工作。我们交了照片，拿到了据说可以通行北大的记者证，凭此证可以免票进大讲堂看电影，免票参加各学院的讲座。后来事实证明这证也没传说中的那么神奇，反正我几乎没用过，因为领采访任务时刘静老师一般都会给票，运气好可以混两张，比拿证件跟保安费口舌快捷得多。

慢慢地，来自刘静老师的电话越来越多，我常常要刚在一教上完课就得拎着相机赶赴活动现场采访。慢慢地，我的采访任务越来越重要，校园媒体联合采访当时的常务副校长林建华教授，新闻网派出的记者是我；随同许智宏校长到实验动物中心视察、迎接赛艇队健儿凯旋的记者是我；报道成龙、孙楠、陈好、水木年华、梁冬等名人在燕园宣传活动的是我；时任联合国秘书长安南到北大访问，新闻网唯一的一个采访名额，也给了我。我参加了北京论坛的报道活动，虽然被分配到国际政治组，却在茶歇时间采访了那时的我顶礼膜拜的林少华教授，只问了两三个简单问题，却敷衍出了一篇名叫《一个情结的释放——记者与林少华谈村上春树》的稿子，受到了杨老师的表扬。我在初冬的早晨一个人摸索到镜春园，在连玉茹教授狭仄的宿舍里采访她，完成了《一片冰心在玉壶——访连玉茹》这篇稿件，获得了优秀稿件奖。连老师还送我一本《新世界政治与德国外交政策》，至今还在我的书架上。我逐渐发现了采访的乐趣、发现新闻的乐趣、和其他记者比赛发稿的乐趣。未名湖结冰、学五边建起临时食堂的事都能让罗闻、徐丹她们写成新闻，我就不能把新传学院从老化学楼搬至遥感楼的事写成新闻吗？我的导师徐泓老师在她的新闻写作课上安排我们分组采访燕园四十多位知名女教授，然后写一组人物采访。我想这批稿件要是发到新闻网上，既可以使同学们的作品受到更多关注和点评，也可以丰富新闻网的稿源和内容，还可以加强对燕园这些优秀女教授的宣传，于是给徐老师和杨晓华老师分头汇报了这个想法，获得了他们的全力支持，于是就有了“巾帼学人”专栏。那时潘聪平同学几乎每周都有稿件，是公认的发稿王，我就决心发稿量向她看齐，学期末算下来，竟然比她还多发了一两篇，总之是获得了那个学期的突出贡献奖。

成绩虽然可喜，但教训更弥足珍贵。有一回大讲堂搞了一个钧窑陶瓷展，刘静老师派我去采访。我拍了几张照片写了报道，回来她就把我的稿件发到了首页。结果那是一个商业展览，我们义务给那家陶瓷厂做了回广告。从此我明白，新闻媒体也会在不自知中被商业力量所裹挟。有一回我组织的一篇人物专访中用直接引语发表了访谈人物关于宗教问题的一些看法，受到了杨老师的批评。从此我明白，新闻媒体要时时注意围绕主旋律。还有一回刘静对我的稿子做了大幅度修改，我不服，跑到办公室和她理论。我说我那是正宗的“华尔街日报体”，她删了的部分正是精华所在，她拿出一张早就复印好的纸给我，上面是不知从哪儿找来的关于“华尔街日报体”的理论，我看后觉得服气了。从此我明白，一个记者的风格固然重要，但再有个性的文体和风格也要服从于版面和题材。应该说，在新闻网得到的实务锻炼真正增强了我对新闻学的理解，它远远超出了课堂上老师的讲解和同学们每每超时的Presentation所能给予我的收获和满足。

2007年7月7日的晚上，我们几个即将毕业离校的记者抱了一床被子躺在静园草坪上看星星，一直看到很晚。之前新闻网举行老记者欢送会，我们都有些醉意，觉得很怅惘：从此各奔东西，再也不能到刘静家包饺子，到杨老师家过周末了。第二天，同寝的室友们面试的面试，搬家的搬家，都匆匆作别。研究生班的同学们也没人来送我这个前一天还在替大家退还学位服，发放毕业合影和学位证、毕业证封皮的团支部书记。所幸我还有新闻网，还有刘静、徐丹、潘聪平等师友到北京西客站送我上车。一声悠长的汽笛，呜的一声，结束了我的人生在燕园的曼妙章节，开启了我在兰州的新生活。不要问我为什么离开燕园，离开北京。燕园情，千千结，问少年心事，眼底未名水，胸中黄河月。

因为在新闻网的经历，我最终被分配到省委外宣办，错过了卫生厅的福利分房，但我并不在意。因为在新闻网

的经历，我最终明白要实现自己的新闻理想，也许要在某些新闻外的领域做得更多，因此我没有去做一名记者，但我并不后悔。我在意的，是新闻网留给我的纯真年代和欢乐时光；我后悔的，是那时没有更用心地和新闻网的师友们朝夕相处。

那天的阳光很灿烂，穿过纠结的枝桠在三角地边的小路上洒下斑斑驳驳的碎影，留着长发的我在校园里闲逛，稀里糊涂地伏在某机构招新的桌子前填了张表。

人生若只如初见。

（纪念北大新闻网成立10周年）

2308

2011-9-10

窗外暗夜无边，“酒钢号”列车奔驰在河西走廊广袤无垠的戈壁滩上。市上同志们送行的酒难以推却，明晨八点就要上会的材料更让人头疼。在候车室里还在赶材料，一进卧铺车厢却倒头就睡，连被子都没顾得上铺开。半夜冷风飕飕，耳畔隐隐传来一个男人高亢怪异的叫喊，睁开眼睛仔细谛听，原来是邻铺的老汉在打呼噜。8 月 11 日奉命前往嘉峪关市开展换届工作，当时乐观估计只需两周左右即可回兰。然而工作的进程却宛如一场没有硝烟的战争，一波三折。我就像道格拉斯·麦克阿瑟将军指挥下美国陆军第一师的士兵，原本还指望着迅速结束战争，回家过圣诞节，但很快就明白这将是一场漫长的苦斗。

2308是我住的宾馆房号。有时一些特定的数字会给人一种神秘又亲近的感觉，譬如王家卫镜头里的2046。对我来说，提起566，就会想起小时候家里那辆吉普车，1578就意味着十年前母亲开着拉风无比的那辆“时代超人”。据说古希腊的毕达哥拉斯学派相信数字有神秘的力量。在2308房间工作和生活一个月后，我对这个数字也有了亲近的感觉。有那么几天，常常要工作到凌晨两三点，这并没有什么。市上小周的母亲脑血管瘤爆裂，北京来的专家在给他母亲做手术的早上，他本人还在2308房间跟我一起工作。小李才生完孩子几个月，同样扔下孩子整天在宾馆里配合我们的工作。网上总有人骂公务员，但我遇到的一些公务员常常让我感动。总有人在骂，总有人在看，总有人在做。

2008年，我随奥运火炬来到嘉峪关。2009年，我带着参加全国网络媒体河西行的记者们来到嘉峪关。今年，我更是在这个城市生活了一个多月。我的整个中学时代都在陇东度过，奇怪的是参加工作以来从来没有到陇东出过差，但河西地区却几乎每年都来。嘉峪关市，因企设市，因关得名，这座距离兰州770公里的小城，其存在的使命就是为酒钢提供后勤支持，虽然只有30万人口，距离酒泉市也仅22公里，却是全国仅有的4个不下辖区县的地级市之一。习惯了兰州狭仄的道路、拥挤的交通，来到嘉峪关，看到宽阔的马路、幽静的东湖、酒钢和中核404公司为员工修建的成排的公寓，今后到河西地区工作生活的心思就更稠密了。

在整个河西地区，祁连山都仿佛偶像剧里的男主角，所有的情节都与他有关。就是依靠祁连山上冰川融化的雪水，才有了张掖、敦煌、嘉峪关等生机盎然的绿洲。在嘉峪关的戈壁滩上种植一棵树需要花费400元的成本，但这里的人均公共绿地面积32.6平方米，人均水域面积16平方米，在全国名列前茅，2011年北京市人均公共绿地面积不过15.3平方米。有人说，嘉峪关市今后的发展方向应该是酒嘉一体化，把酒泉和嘉峪关市中间的20多公里变成城市建成区，两市合二为一，成为一个副省级的区域中心城市。另外，把敦煌市从县级市升格为地级市，恢复汉唐以来“河西四郡”的原貌，今属酒泉市管辖的阿克塞、瓜州、肃北等县划归敦煌市，以疏勒河、党河流域生态保护和敦煌文化、少数民族文化旅游产业为主要发展方向。这个设想的确很有创建性，但是我担心这一地区的资源，尤其是水资源也许不足以支撑一个区域副中心城市。

魏晋时期，中原战乱，大批人口迁往河西地区，后世在这里发现了大规模的魏晋墓群。甘肃省的两大骄傲就是，在武威雷台汉墓出土的马踏飞燕成为中国旅游标志，而在嘉峪关魏晋汉墓发现的壁画《驿使图》成为中国邮政标志。其实又何止于此呢？嘉峪关市附近的镜铁山是目前我国生产规模最大、机械化程度最高的黑色冶金坑采矿山之一。甘肃省有 11 种矿产保有储量居全国第一位，白银铜矿、镜铁山铁矿、塔儿沟钨矿、位居世界第三的金川镍矿，还有玉门油田自中华人民共和国成立以来为国家做出了多少贡献，恐怕无法用货币来衡量。今天，甘肃的河西地区又成为全国乃至全世界核废料处理的基地。距离嘉峪关市不远的戈壁滩里，就有核废料处理场所。而酒泉市金塔县，更是成为国际核废料处理基地，不光处理我国的核废料，还处理外国的核废料。优质矿产资源运出去，核工业废料埋进来。假如全国的省级行政区像一个班上的同学，我想北京一定是个高干子弟，上海是系出名门珠光宝气的大小姐，甘肃就是一个默默无闻，抢着擦黑板，抢着打扫班级卫生，还时常受到其他同学嘲笑的农村苦孩子。也许是为了报偿那些长期在苦甲天下的陇原大地上扎根奉献的人们，党中央对甘肃的干部极为关心和爱护，“对那些长期在条件艰苦、工作困难的地方工作的干部要格外关注，对那些不图虚名、踏实干事的干部要多加留意，对那些埋头苦干、注意为长远发展打基础的干部不能亏待”。

在2308房间看完了石田裕辅的《用洗脸盆吃羊肉饭》。超佩服石田裕辅这种骑着自行车环游世界的人。人生苦短，还有什么比看尽世间景致更有意义的事情？只是觉得这本书即使作为美食小品来读，也写得有些简单。后来想想明白，能骑着单车独自环游世界的人，一定是最简单的人。想法复杂如我辈者，也许能写出很长的文章，但又怎么可能一个人去环游世界？文简单，人简单，所以才能简简单单放下一切，用七年时间去环游世界，只为品尝世间所有的美味。

幻影书

2012-4-19

沉沉海底生珊瑚：2009年的Plan B

2009年无论如何都是一个重要的年份。距离现在也不过3年时间，可我总感觉很遥远。那时我还单身，一个人住在金昌北路一栋破筒子楼里，“没有信用卡也没有她，没有24小时热水的家”。每天上班时在网上扫黄打非，下班就躺在床上看下载的电影。那时我一年居然能看108部电影。有一天，有线电视没信号了，只能接收到两个台：西藏卫视和央视少儿频道。为什么只能接收到这两个台？我至今也没想明白。但这并没有带给我很多困扰，我每天晚上准时在央视少儿频道看动画片《成龙历险记》。自从告别了童年时代的《变形金刚》和《百变雄狮》，这是我看过的最好的动画片。后来《成龙历险记》播完了，我就不再看电视。直到今天，我仍然不怎么看电视，从不看任何电视剧，只看新闻、纪录片和体育比赛。

这样的日子就一天一天过着，直到有一天，女朋友用行动告诉我她其实在另一个城市还有一个男朋友，让走出校园只有两年的我第一次品尝到了爱情酿的酒馊了的滋味后，我忽然对自己的生活感到厌倦，我想必须做出一些改变。于是躺在筒子楼的破屋里，我决定实施两个计划，两个可以相互替代的计划，一个叫作 Plan A，另一个叫作 Plan B。后来我才明白，有这种想法的年轻人并不只有我一个，许多人都在做着改变生活的努力。陆洲在半年内完成了跳槽、考博、结婚、生娃这四件高难度的事情，真是让我惊为天人。过了两年我才知道，原来他的博士也考了两回。我们很多时候只看到别人瞬间爆发出的光亮，自己却在别人积聚能量的时候打双扣。我管陆洲完成的这四件事，不管耗时半年也好，还是十年也罢，叫作“陆洲四事”。我惊讶地发现，其实我2009年的Plan A和Plan B就是“陆洲四事”中的一部分。

2009年的秋天来得很晚。初秋时节，我带着40多名记者沿河西走廊采风，心中却暗暗地决定要么离开这个十几个人来七八条枪的单位，要么离开这个其实很土但以为自己很洋的城市；要么跳槽，要么考博——如果考博，目标是清华大学历史系思想文化研究所。我去书店买来了《中国当代通俗小说史论》《小说史：理论与实践》《中国文学研究现代化进程》等书，正着手备考之时，有一天一个电话找到正在“马忠华”和领导吃手抓羊肉的我：我跳槽成功了。Plan A实现了，于是Plan B就被暂时搁置了。

许多人都说，怀才像是怀孕，日子久了别人都能看出来。可他们不知道，怀才的确像是怀孕，你得早早给自己肚子里的货找一个优质的下家接盘。凭什么不学无术拼爹胜出的青年们占据要津，勤奋学习努力工作的孩子却睡光床、喝淡汤？如果世界不许我们以公平，那就让我们用跳槽来反抗。每一个想跳槽还没跳成的孩子，没动力的时候，念念白乐天的这首《涧底松》吧。

涧底松

有松百尺大十围，生在涧底寒且卑。
涧深山险人路绝，老死不逢工度之。
天子明堂欠梁木，此求彼有两不知。
谁谕苍苍造物意，但与之材不与地。
金张世禄黄宪贤，牛衣寒贱貂蝉贵。
貂蝉与牛衣，高下虽有殊；
高者未必贤，下者未必愚。
君不见沉沉海底生珊瑚，历历天上种白榆。

天涯思君不敢忘：张老师的一席谈

有人说：人是不会为谁去改变自己的。这话讲得似是而非，我并不以为然。《神雕侠侣》里裘千仞遇到段皇爷，从此放下屠刀立地成佛。人是会改变自己的，只要遇到那个可以改变你的人。

你知道像我这种从小非北大不考的孩子，高考考了全州文科第一名还想去为考北大而复读的孩子，是很有些名校癖的。所以，当2009年的Plan B在2011年下半年又开始像事先设定好的程序一样在我脑海里被激活时，我的目标仍然只是：清华或复旦。两年后，我不再对清华大学历史系感兴趣，我想报考的是复旦大学哲学学院西方哲学专业，两年间买了许多西方哲学方面的书籍，有的读了，有的没读。

张老师是借调过来帮助我们工作的，主要是帮助我工作。他比我大8岁，虽然刚接触时会让人产生反应不够快的印象，但交往一段时间你就会明白，这种慢半拍的反应其实是一种生存智慧。有一天闲聊时，我向他吐露了自己的苦恼：我还是想读博士。徐老师说我是读书的种子，哪一个读书的种子连个博士学位都没有？我觉得自己的智力和学力都完全配得上一个博士学位。你没看到有的高校里个别教授都是些什么样的人吗？我敢自信地说，如果我不是从事现在的行业，而是在高校里心无旁骛地教书，我能在38岁前拿到中国三所不同高校三个不同专业的三个博士学位。胡适先生一生拿到32个博士学位，我们拿三四个，总不是什么不可能完成的事情。问题是：

单位不让考外地高校，而除了清华和复旦，我哪所大学也懒得考。

午后的阳光照进办公室，微小的尘埃在空中漫舞。张老师不知道用了什么魔法，我现在已经完全忘记他都对我说了什么，只是发生了一件事：我的固执的通常不易被改变的想法，居然被他给改变了。他的一席谈让我认识到：博士就是博士，清华、复旦、哈佛、耶鲁的博士，和西北师范大学、兰州理工大学的博士，都是博士。

困扰忽然得到解决：考本地高校的博士！本地最有名气的大学是——兰州大学！于是，2009年的Plan B在2011年11月15日正式启动，要不是机缘巧合聆听到觉远大师讲《九阳真经》，怎么会有后来纵横江湖的张三丰和郭襄？要不是张老师的一席谈，又怎么会有我其后四个月的备考呢？郭襄呵郭襄，下定决心考博的前夕，我总想起郭襄。

我于是在为郭襄填了一阕词后，开始备考。

永遇乐·郭襄

风陵古渡，少侠闻名，惜无觅处。
襄阳楼头，二八芳龄，看烟花满目。
金针三枚，只身一跃，痴情从来最苦。
绝情谷，情花情毒，世间情为何物?

华山之巅，东邪西狂，黯然销魂别路。
少室山中，昆仑三圣，弹《蒹葭》如诉。
与君别后，独抱倚天，寻遍南北江湖。
望峨眉，冷山冷林，冷风冷雾。

低调求生存　淡定谋发展

对于许多人来说，学习是知易行难。譬如许多人知道更高的学历会带给自己更多的机会，但是拿不到。对于我来说，学习似乎是知难行易。我要想明白学习一个专业、得到一个学位的意义，需要费很多时间，譬如从 2009 年起就想着考博，直到 2011 年底，才选定学校和专业。一旦付诸行动，整个过程好像没有有的人说的那么难。从 2011 年 11 月 15 日至 2012 年 3 月 15 日，4 个月时间，中间包括一个春节，我只看了 7 本书，做了 4 万字笔记，居然就已经成了一所 985 高校一个新专业的全日制博士研究生了。这一方面说明，我所选的专业，其所谓的“专业学术槽”是有多浅，什么人都可以进来吃两嘴；另一方面说明，我们平时敬重的有些博士，其实都多么水——你只需要看 7 本书，就能成为他们中的一员。

专业又换了一个，我戏称自己是学术混子，对专业没有什么忠诚度。史学、法学、文学、西方哲学、区域经济学、管理学等专业，我都考虑过，难度对我而言都差不多。最终，我还是选择了政治学。这一方面是受限于客观现实的被迫选择：我中意的专业比如西方哲学，兰大根本就没有博士点；另一方面我发现其实政治学就像一个蜿蜒隐晦的线索，贯串着我的学习生涯。我对西方哲学感兴趣，但主要是政治哲学；对史学感兴趣，但主要是政治史；对法学感兴趣，但主要是法哲学和宪法学。还有一个重要原因是，选专业时我请教了陆洲，他毫不迟疑地说：“要选就选一个‘好使’的专业，比如马哲。”

4月23日，拟录取名单公布，面向全国招收10人，里面有我的名字。好吧，从国民教育的角度而言，我终于在中国的考场全身而退了。计划在马年出生的女儿呀，爸爸从小学到博士，一路没有复读过，没有重考过，没有找过家教，没有读过课外辅导班。小学考初中全州第三名，中考全州第一名，高考全州第一名，考研全专业第一名，考部里时在所有报考同一岗位的人中第一名，考博不知道第几名但一次就考上了。你今后可千万别跟爸爸说，你连全班前十名都考不进呀。但是，如果你真的连全班前十名都考不进，爸爸也不会怪你。上帝为你关上了一扇门，就必定会为你打开一扇窗。

又多了一个母校，距离办公室只有500米，甘肃省唯一的985高校，被称为最孤独的名校——兰州大学。2005年，考上北大硕士研究生，应“新闻人茶馆”的邀请，写了一篇考经叫作《笑忘书》；2012年，考上博士研究生，在自己的书影斋又写了一篇考经叫《幻影书》。笑忘幻影，如梦七年。痛而不言，笑而不语。低调求生存，淡定谋发展。

不要紧张，不要紧张，就当工作是一场小考试，就当人生是一出折子戏。点着一直在口袋里的那半支烟，念着读书时自己背过的诗……我在这里，我在这里。正是：

秋光叠叠复重重，潜度偷移三径中。
窗隔疏灯描远近，篱筛破月锁玲珑。
寒芳留照魂应驻，霜印传神梦也空。
珍重暗香休踏碎，凭谁醉眼认朦胧？

鹿岛四月

2013-4-5

台北夜雨

4月1日，台北。结束了旅行社满满一天的行程，我们终于可以在晚餐后自己安排时间。照例是换上更随意的衣服，去逛附近的夜市。之前高雄的六合夜市给我们留下了深刻的印象，似乎台币不是钱，似乎在台湾暴饮暴食不会胖，我们甩开腮帮子大吃泰国烤虾、木瓜牛奶、蚵仔煎、蟹粉小笼，吃到开心吃到爽。于是到了台北，我们对饶河夜市有更高的期望，毕竟台北是比高雄更繁华的城市。但饶河夜市似乎并不以小吃为主打，有许多服装、箱包、饰品、美甲的时尚小店，小吃品种反而单调。我们翌日就将离开台湾，决心当晚花光所有的台币，于是走进一家海鲜排档吃一百台币一盘的生蚝。吃完，买了三盒水果，菠萝、芒果和莲雾。还剩点硬币没花出去，又在一家槟榔店买了一包Dunhill香烟，买了一包槟榔。抽着香烟嚼着槟榔，我们惬意地步行回酒店，我甚至在空无一人的小巷里肆无忌惮地吼起了青海花儿。这时，发生了三件事：下大雨了，我们迷路了，钱花得一分不剩没法儿打车了。雨势完全称得上瓢泼，找回酒店的过程完全称得上曲折。直到半夜一点多钟，我们才浑身湿透地摸回了酒店——这就是我们在台湾的最后一个夜晚。八天的蜜月之旅这样狼狈结尾，似乎巧妙地隐喻了我们的婚姻和人生：在这两件事中，你精心设计的所有完美最终都将伴随着无尽的尴尬和狼狈，你一定能体会。

让物物着

旅途中带着张一兵的哲学论文集《启蒙的自反与幽灵式的在场》。你知道我一点也不是为了装出那种旅行中思考哲学问题的小资模样，而是迫于学业的压力。于是，白天呼吸着新鲜、湿润、干净的空气，欣赏着各种自然和人文美景，晚上随着张一兵的笔触费劲地尝试与普列汉诺夫、波格丹诺夫、德波林、罗兰·巴特、德里达、索绪尔、巴塔耶、鲍德里亚和拉康对话。脱离开在那座被沙尘暴统治的城市中一成不变的生活，短暂地栖居在这座热带岛屿上，手机因为故意没开通漫游而不再发出任何声响，我的被繁杂的公务打压得不敢露头的学术雄心似乎又生发了出来，宛如一只受惊的蜗牛在危险过后小心翼翼探出的触角。

抵达高雄港时已是傍晚，港口左右两边的灯塔正好在远方的海面上形成一座大门，夕阳缓缓坠入门里。吹着海风，看着夕阳，我对她说，我有一个想法，就是在取得学位后，再考一个张一兵老师的博士研究生，再拿一个南京大学的博士学位。我还有一个想法，就是依然坚持自己既定的思路，毕业论文做纯粹的政治哲学研究，摊子不妨铺得大一点，反正做梦又不要钱。当初进行硕士论文选题时，我就曾异想天开地想写本《新闻学概论》。读了莱文《不同的路径：马克思主义与恩格斯主义中的黑格尔》和张一兵的《启蒙的自反与幽灵式的在场》后，我在想我为什么要去做中共学教活动研究而不能去写一本题为《辩证唯物主义与历史唯物主义的历史原像》的书？张一兵的博士论文《马克思历史辩证法的主体向度》成了他一生学术生涯的辉煌起点和重要代表作，我们为什么要满足于写局促而浅薄的博士论文？如果我们在学术研究中都不敢放纵自己的桀骜，还有什么思想自由可谈？她说，这样有意义吗？你在许多人眼中已经是一个上了路的年轻人了。我说，宁可一思进，莫在一思停。我就是我，是颜色不一样的烟火。对我来说，一颗昂贵的台湾猫眼与一张北埔到苏澳新的火车票，一串价值九万元的刺血红珊瑚念珠与一块在太鲁阁国家公园随手捡来的鹅卵石，就用来纪念此次旅行的意义来说是一样的。维特根斯坦说，朴素生活是深邃思想的必然结果。我的思想诚然毫无深邃之处可言，但我对物质享受的兴趣却日益衰减。哲学使我对当下这个疯狂的消费主义社会中人的物化和自我丧失有着警醒的认识。哲学能够深刻地解释许多我们生活中的现象。萨特说，“他人不仅是我看见的人，而且也是看见我的人”，他人可以旁证我恒常的存在：“他人时刻注视着我。”他人的注视成了我对象化的条件，我正是为了取悦这种看见而存在的。通过他人的注视，我恰恰失却了自己的本真存在，“我既不知道我是什么人，也不知道我在世界上的位置是什么”。这段话用来理解那些连吃碗面条、喝杯奶茶也要拍照发微博的人的行为，是不是很妥帖？类似的妥帖感觉同样出现在马克思对资本主义社会劳动异化的揭示中，出现在阿多诺从工具理性出发对消费社会阻碍个性和自我实现的批判中，出现在晚期海德格尔那一腔“让物物着”的浪漫主义情怀中。

在《青年鲍德里亚与莫斯·巴塔耶的草根浪漫主义》一文中，张一兵指出，巴塔耶的“耗费”是一种本体论意义上的概念。在巴塔耶看来，“非生产性的耗费是对谋划逻辑的打破，它使物品的功利性效用失去意义，从而令存在恢复自身原有的光芒”。巴塔耶的“耗费”概念很像我曾经跟朋友们谈过的“摆烂”和“自毁”。全球化时代的资本主义结构固化了人们所有的生活交往方式和想象力，人们读同样的书，谈同样的恋爱，送同样的礼物，过同样的生活，成功的人同样成功，失败的人同样失败，而要摆脱这种晚期资本主义的存在逻辑，有时我们不得不通过“耗费”“摆烂”甚至“自毁”的方式。我会坚持自己的理想，一边认真工作，一边勤奋学习，努力“让物物着”，不使自己迷失在资本主义商品、货币、资本三大拜物教和后资本主义的“景观社会”中。但这不意味着我会按照人们的想象，在一个单位苦熬二十年，在一座城市生活到死，如果有一天我放弃了这份一些人看来颇为不错的职业，不要奇怪，我是在通过“耗费”和“自毁”告诉这个荒谬的世界：我永远不会是它所预测和规定的样子。念念不忘，必有回响。我思，故我在。

美丽岛

我从未写过一篇时间顺序的游记，因为我相信一切景语皆情语。我试图用错乱的顺序叙述一个个实景和思想片段的闪回，或许瓦尔特·本雅明的“文学蒙太奇”在方法上就是这样理解。我们3月26日出发，是报了中国旅行社的“星光之旅”。很俗是吧？没办法，甘肃不是北京、上海，尚未开放赴台个人游。但其实即使开通了，我也还是会报团。做了四年的领导干部境外培训和出访工作，亲手安排了许许多多份具体到小时的赴外日程，我对计划赴外行程这件事逆反得不行。什么心也不操，让别人给我安排日程，省心中有种补偿和报复的快感。我们环岛一圈，新北—南投—嘉义—高雄—垦丁—台东—花莲—宜兰—台北，约略去了野柳地质公园、士林官邸、台北故宫博物院、台北中山纪念馆、中正纪念堂、101大楼、中台禅寺、日月潭、阿里山、西子湾，鹅銮鼻，太鲁阁国家公园等景点。一些景点名不虚传，美

到让人流连忘返，譬如鹅銮鼻那座纯白色的灯塔，孤独地守望着巴士海峡。一些景点或者弥漫了政治和商业的气息，或者涌动着汹涌的人流，去不去皆可。一些景点只是因为个人的情愫、随机的愉悦而值得被记忆，譬如台湾少数民族乐队用闽南语唱的苍凉动听的歌曲，让我记住了日月潭的湖心岛；给她讲我的理想让我记住了高雄港西子湾的夕阳；多年前在北大寝室里每到熄灯后模仿吴宗宪讲台湾闽南语，自称家乡在花莲，让我站在花莲北回归线纪念碑下，面对着雨中无垠的西太平洋，给当时睡在我上铺的兄弟发了一条微博："亲爱的阿珂：8

年后，我终于在大雨中来到了我的‘故乡’花莲。西太平洋的浪花拍打着海岸线，正对着北纬23°26′北回归线纪念碑。这里的人烤大虾、炸鱿鱼丸子，有吃不完的释迦和莲雾。”在嘉义的晚上，我俩搬条凳子在酒店的露台上吸烟，小雨中去露天温泉游泳池游泳，用酒店大堂的钢琴弹《映山红》和《我只在乎你》给陌生游客听。夜宿台东，我们泡完碳酸氢钠温泉后看当地的乐队演出，边吃释迦边去找通往海边的路。许多很普通的小事在记忆中反而比那些著名的景点更清晰、更美丽。

在大巴上，导游一路播放的都是历史纪录片，经国先生传、宋美龄传、国民党老兵荣民的思乡之情等。相比大陆此类旅游大巴上播放的东西，文化品位不在一个层面上，我也不禁惊奇于台湾的意识形态宣传自觉于服务业的边边角角。莫斯说，象征关系使物的持存成为存在。或许在今天，只有不带有任何讨好或谄媚意味的纯粹的礼物，能够赋予商品某种象征关系从而使其稍稍摆脱物性，于是花了近两万元买礼物，猫眼戒指、星光宝石项链、阿里山高山乌龙茶、玫瑰石的印章、日月潭香烟、凤梨酥和牛轧糖。我们从小管台湾叫宝岛，可不亲临此地，不亲眼看到这里盛产的红珊瑚、蓝玉髓、绿猫眼、玫瑰石、七彩玉、红桧木以及台北故宫博物院那60万件从大陆运来的古董，我们始终以为宝岛只是一种政治美称。事实是，台湾确实是祖国永不可割舍的宝岛。这里的人与我们同根同源，同文同种，与新加坡的华人不同，这里的人认为自己是中国人；与香港、澳门人不同，这里的人讲与普通话相差不大的国语，据说在学校里讲台湾闽南语要被罚款。导游说，统一是早晚的事。“统一”，多么教人热泪盈眶的字眼。

一场婚礼

倒叙的最后，时间来到2013年3月23日，农历二月十二日，星期六。我的婚礼，终于顺利举行。6年前，我孤身来到兰州，随身只有一箱衣服两箱书。6年后，我结婚时，仅自己的宾客就超过了200人。宣传部机关的领导和同事、外宣办的领导和同事、省直机关的北大校友、兰大的老师和同学、选调生同学参加了我的婚礼，这是大家对我来兰6年工作和生活各个方面的肯定、支持和鼓励。父母以为不在老家举办的话，兰州的宾客来不了几桌，因为他们都没有在兰州工作过，但最后婚礼的隆重超出了他们的想象。整个过程我谁也没有麻烦，全部由我一个人策划组织和实施，朋友们从方方面面予以了协助。婚礼过程控制在 15 分钟内，没有什么跪地求婚、深情拥吻、哭诉恋爱史、敬上改口茶、背着新娘满场乱转等俗气的环节，她的学生带来的弦乐四重奏令人惊喜，婚庆公司做到了我要求的简洁大方，我没有遗憾。

那天我给每一桌的宾客都敬了酒，但奇怪的是居然一直没有喝醉。感谢为我证婚和主婚的领导。感谢被同事们画了花脸的杨主任、徐主任和王主任，他们像我的家长似的给每一桌宾客敬了酒。这场婚礼，让我体会到有很多人看重我，对我抱着高的期许，我不能让他们失望。正因如此，我决定提前结束 4 月 26 日才到期的晚婚假，清明节后返岗上班。领导们对我那么好，我不应该自私地扔下公务独自躲在书斋里。部领导批示，要我借调到北京工作一小段时间。上班办妥三件急务后，我即赴京报到。欢迎变化。我的心境现在好像过了求安稳的阶段，工作和生活中的任何小变化都让我惊喜，因为我明白人生的终极意义只是：去经历。

我爱你们。

我的同学

2013-1-18

柳　鹏

1995年9月初，一个阴霾笼罩、大雨如泼的早晨，我身穿年上母亲找裁缝新做的西服背心，脚蹬白色小皮鞋，跟着我那时任校教导主任的舅舅，走进了传说中的县一中，从此开始了我的中学生活。去老家读中学是我自己的主意，因为种种迹象表明如果在我们青海那教学质量奇差的州中学就读，考上名牌大学毫无可能。在和父母争执了一个暑假后，他们终于同意送我去老家读书。当时所有人都认定我吃不了老家的苦，肯定是三分钟的热度，几天后就会打道回府。舅舅对我的最高期望是念满一个学期，以免他好不容易动用教导主任的权力把我一个没有学籍的外省学生刚刚插进初一一班，没几天我就回了青海，教他白忙一场。可惜我让全世界都看走了眼——我在老家一口气读了6年，作为一名借读生拿遍了一中学生能拿到的奖项，高三时保持全校文科第一名的成绩直到高考前夕才扬长而去。这六年中学生活非常苦，其中大部分时间我一个人住着14间房子，自己给自己做饭，虽然中间有几个学期在亲戚家住过吃过，父母也为我雇过保姆。

那天我走进初一一班的平房教室，地是坑坑洼洼的泥土地，顶棚居然是草席铺的。我们班82名同学，课桌椅不够，我被班主任安排和一个叫周天宝的男生合坐一个凳子，合用一张课桌。直到差不多半个学期后，我才有了自己的课桌和凳子。但是凳子的问题一直缠绕着我，因为经常会遭遇到凳子被偷的问题。用小刀、毛笔在凳子上做标记也没用，偷凳子的人不会笨到在本班继续使用的地步，没人敢到高年级的班里去找凳子。凳子问题一直到高中时学校修了新的教学楼后才得到了彻底解决。我就这样在今天有凳子、明天没凳子的困扰中当着插班生。很快，我发现班上大部分同学永远穿着同一套衣服，布鞋张着大嘴，裤子上打着补丁，我识相地脱下自己的西服背心和白色小皮鞋，努力和他们穿得一样，免得被视为异类。尽管如此，班上还是有四五个调皮捣蛋的促狭鬼成天欺负我，骂我是说着一口青海话的“青棒棒”，因此学习之外，隔三岔五和他们打架也是我初中生活的重要组成部分。其中有一个同学，他父亲是我们的体育老师。他对我的欺负简直是全方位、多角度的，可班主任偏偏让我和他坐了近两年的同桌。转眼到了期中考试。我小学是在青海上的，那里教学质量低，想着自己能考到全班30名左右就算不错，谁知道一考考了个全班第二名。从此初中三年，大多数时候我的考试名次没有离开过全班前三名。初一第一次期中考试的第一名，叫柳鹏。

那时考中专还被视为极好的出路，初中天赋最高、成绩最好的学生都去念中专了。柳鹏就是那种一心想考个中专，早日毕业吃上公家饭，改变面朝黄土背朝天命运的农村学生。他初三时没考上中专，而那时令人无法理解的政策是：初三不允许复读，要么升高中，要么从初一重新读起。

柳鹏选择从初一重新读起。一个学习成绩本来就很好的初三毕业生，重新读初一，期中考试中考了第一名，就是这样。20 世纪 90 年代，老家的农村小孩本来就读书晚，柳鹏又是这样的情况，因此他比我大不少岁。我不会的数学题，他轻而易举，我还在背第一篇课文，他连最后一篇都早已熟记，这让我绝望，知道只要柳鹏在，我考全班第一名是不可能的事情。果不其然，初中三年，我只在初二第二学期期末考试中考过一次全班第一。柳鹏年纪大，个子高，喜欢坐在教室后排，尤其喜欢跟班上的美女们坐一起。晚自习时，我常常跑到教室后排找他问题。我们一中有个不成文的规矩，就是同学之间有相互辅导的义务。一道题我不会你会，我就会去问你，被问到的同学原则上必须知无不言，否则会被同学们瞧不起。我常常在晚自习时跑到同学跟前去问题，当然有时也打着问题的幌子和女同学聊天。

初三时有一段时间，柳鹏终于被安排和班上一个名叫马琼的女同学坐同桌。从此他成天乐呵呵地给马琼讲题，有时自己的作业放着不做，给马琼做数学讲英语。他对我也特别热情，每次晚自习上我去问题，他都讲得很详细，有时甚至主动叫我过去。我感觉这中间有一个原因，就是我去问题时常常顺便说说笑话什么的，马琼会很开心，柳鹏也就很开心。我要是不去问题，马琼通常只是闷头做题，柳鹏也只能闷头做题。忘记有多少次，柳鹏为了给我和马琼讲题，没有完成自己的作业。柳鹏和一个叫魏旭光的同学合租住在校外，我去他们寝室喝过一回酒。魏旭光的父亲是邻县煤矿的领导，家里条件很好，后来在高中时他和人打架被打成脑震荡，学习成绩就此一蹶不振。我和柳鹏、魏旭光并不算是朋友，只能算是同学而已，但我却常常能感觉到他俩身上有种成年人才有的豁达和善良，不对考试成绩斤斤计较，帮助别人不要回报。

转眼间，初中毕业。我既参加了老家的高中升学考试，也参加了青海的高中升学考试。因为高中读不读，到底在哪儿读都不确定，我没有认真对待老家的升学考试，大概只考了全县 400 多名，但在青海的升学考试中却考得很好，全国的中专任我挑，什么西安邮电学校、上海铁路学校、天津建工建材学校等。时过境迁，到了 1998 年，中专已经成了末路，读高中成了大多数初中毕业生的必然选择。哥哥怂恿我去读中专，父母让我自己决定，我不会傻到那种地步，于是决定：继续回老家读高中。马琮倒是成功考上平凉幼师，后来成了我们县某幼儿园的老师，终于吃上了公家饭。柳鹏考中专时再一次失利，也没有再去读高中，听说去邻县煤矿挖煤去了。直到现在，我再也没听到过关于柳鹏的任何消息。后来读路遥《平凡的世界》，总觉得里面的孙少平就是柳鹏。贫穷和不合理的制度，把多少像柳鹏这样聪明的农村孩子最终归类到了社会的最底层。直到今天，看到有些靠着爹妈进了好单位，过着好日子的同龄人，我心里总会嘀咕一句：你们只是命好而已。命运给了柳鹏这样聪明善良的人太多磨难，却给了一些白痴很多幸福。

文　卓

用“同学”来形容我和文卓的关系不够确切，我们是相交20多年肝胆相照的兄弟。我总觉得文卓迄今为止的人生有些遗憾，这些遗憾部分是个人性格造成的，部分却是源于我们的乡土文化和成长环境，是基因里就带着的。这些文化基因平时不显山露水，但是在人生的关键节点会成为影响我们抉择的重要因素，尽管这些抉择也许看起来并不明智。我们谁也无法拽着自己的头发飞离地球，文化基因就是我们与生俱来的头发，长在身上，剪掉了，还会生出来。

文卓所有的光荣与梦想、蹉跎与失败都与自信有关。初中时，他很自信。那时他在学校对面的县粮食局租着一间小房子，有时下了晚自习遇到下雨什么的，我懒得回家，就贪近跟他去住，尽管我家离学校也不远。他父母在兰州，我父母在青海，我俩都是一个人住。于是在许多个下了晚自习的晚上，我躺在他房间的硬板床上，听他给我讲他的爱情。

文卓早恋。初中时，他就有了第一任女朋友。有一次，文卓正在房间里跟女朋友睡懒觉，他那比他大十来岁，俨如父亲的哥哥骑着摩托来给他送吃的，文卓光屁股跳起来无处可藏的窘况每每想起都让我喷饭。哥哥很懂分寸，最终并没有进屋，避免让人家女孩子太尴尬。同学们都还连拉下手都不曾有过，自己却已经初尝禁果，我想这大概是文卓自信的一大原因。后来我见到了他的这任女朋友，我只能说她长得很善良。这段孽缘一直延续到了文卓大学毕业，算算差不多有十来年。文卓和世上所有男人一样，死也没想到，女人这物种，上手容易脱手难。这段恋情显然给文卓留下了难以磨灭的心理创伤，毁尽了他对爱情的憧憬和自信，使他此后对女人敬而远之，每回我让他去追某个女孩，他都叹口气，摆摆手，了无此意。一个从来不去追求女生的男生，自己又没多帅气，在爱情上能有什么更多的斩获呢？

文卓的另一大自信来源是学习成绩。中学6年，我的学习成绩基本上一直很好。即使在最低谷的阶段，成绩也比他要好。我只盯着班上、年级上那几个比我强的人，其他同学都不在意。所以在我眼里，文卓的学习成绩似乎无甚可谈。偏偏他每回提起自己的成绩，总是特别自信。高中时，情况颠倒过来，因为我家里条件好，有大电视、大床、大写字台，我一个人又着急，文卓经常下晚自习后到我家去睡，有一段时间几乎天天在一起。晚上聊起初中往事，他每回都骄傲地宣称自己的英语成绩曾经比我高，全班排名曾经进入过前十名，等等，这些我全然不记得，觉得莫名其妙。好吧，既然成绩曾经辉煌，那继续努力吧。可他又不。多少个晚上，我在里间做题，他在外间看电视。我俩一起抽烟，一起打架，一起追女生，直至高三毕业，我考去上海，他落榜复读。

落榜击碎了文卓对学习的兴趣和自信。那一年，我们给对方寄出去60多封信。一年只有52周，我们写信的频率超过了一周一封。那时我们的小趣味是在信纸背面粘香烟，每回收到信，我们都能从信纸背面取下用玻璃胶粘着的五六根香烟。有一回，在信里他给我详述他得了阑尾炎，去医院做手术的趣闻。阑尾手术是要备皮的，可怜的文卓脱了裤子，像一只受惊的小鸟一样躺在手术室里，这时袅娜进来给他备皮的护士，居然是一位我们初中的同班女同学，她初中毕业考上护校，这会儿已经是县医院的护士了。可怜的文卓脸憋得红得像喝了两斤滨河粮液，但也没办法，只能让和我们关系还挺好的这位女同学给他做这尴尬至极的备皮。当时我在上外图书馆，读到这里，再也忍不住哈哈大笑，让图书馆的其他同学侧目。从信里，我还读到，他的大妈意外去世了。文卓父母在兰州工作，从小是在他伯伯家长大，对他大妈的感情很深。阑尾手术和大妈的意外去世令他对那个闷热的夏天失望到无以复加，只想赶紧离开那座该死的兄弟们都已离开的小县城，于是高考后稀里糊涂听了家人的话，填报了甘肃中医学院。这么着，对中西医临床专业毫无任何兴趣的文卓，晕头晕脑地来到兰州，开始了自己的医学生涯。

医学院的生活主要是在网吧里度过的。尽管我写信频频鼓励他认真学习专业，毕业后专升本，至少拿个本科学历，但文卓显然已经有点看破红尘的味道。魔兽、红警，最终是大话俘获了文卓的心。好多回，我听他给我讲打网游的快乐。他说他练了一个女魔，已经三转，账号至少值一两千元。我心里总是嘀咕：我的兄弟为什么要练一个女魔呢？什么时候，他能揪出心底里那个击毁他爱情和学业上自信的女魔？专升本大概从未真正进入过文卓的脑海，三年倏忽而过，文卓从中医学院毕业，立刻像丢一件破衣服似的丢掉了自己的专业，生龙活虎地开始了跑业务搞销售的职业生涯。在跑过从钢材到手机的许多产品销售，频繁跳槽一年后，文卓居然通过面试，进入了大名鼎鼎的华为公司。

在华为的日子是文卓的黄金时代。那时他每个月都到兰州开会，我想约他吃顿饭，一起抵足而眠聊聊心事都很困难——他的应酬太多。从他的嘴里，我知道他吃遍了兰州的高档餐厅，玩遍了兰州的娱乐场所。他还管上了公司的仓库，于是我家里就有了许多印着华为标志的雨伞、毛巾、水果刀、体重秤。最开心的是，有段时间公司调他来兰州，给他在繁华的庆阳路租了三室两厅的精装修房子，让他和一位技术部门的女同事一起住。文卓就和这位人高马大的女同事一起住了大半年，每晚面对面上网，有时还合伙做饭吃，但最终——什么也没发生。该下手时不下手，那段挥之不去的初恋阴影在此时发挥了别人看不出我却很清楚的致命影响。那时的文卓在我眼里，完全是一名现代企业的白领。因为做的是手机终端，他每个月都换新手机，什么时髦用什么。每个月来兰州开会，除了胡吃海喝，就是做个 PPT 汇报一下销量。公司派他去西宁常驻了一段时间，还派他去成都开会，让他平生第一次坐了飞机。我觉得这日子很好，觉得他来到兰州和我会合，从此像中学时那样周末一起喝茶，没事喝个小酒的日子很快就会到来。

但事与愿违。先是他火速跟一个平凉女孩结婚，又在平凉买房，这就决定他把平凉作为今后若干年事业发展的基地了。再是他莫名其妙地因为公司提拔了别人没提拔他，而从干了6年的华为辞职了。结婚并辞职后，文卓的生活水平明显下降，再度开始了从一家公司跳到另一家公司的生活，先后换了四五家公司。这时，家里人的劝说和压力使他屈服，他又一次听从家人的意见，重新拾起已经荒废了七八年的医学专业，准备报考事业编制的乡镇卫生院了。文卓此生从未在考试上占到一丝便宜，但这回却考上了。于是，销售经理文卓，在七年后，摇身一变，变成平凉某乡镇卫生院的大夫了。现在，文卓在乡镇卫生院的药房上班，每个月四天假期，认真准备着药师资格的考试。

我最大的遗憾就是经常见到一些禀赋远不如文卓的人，人模狗样地在大机关上班，把自己吃得像个汽油桶；有些中学时学习成绩和人品都比文卓差得多的人居然成了老师，成天炫耀学生家长送的礼盒在家堆积成山；有些家里有背景的人，无知得令人发指，居然堂而皇之地成了警察、法官、大学老师，而我的兄弟文卓却从兰州到西宁到平凉，最终到了一个乡镇。但是，后来我想明白了，这些遗憾其实只是我自己的遗憾。我遗憾于文卓没和我生活在一个城市，没能和我晚上喝茶周末喝酒，没能跟我在一个体系相互照顾，对于文卓来说，这些都并不能成为什么遗憾，他一直在走他自己的路。于是，我也释然。

他的女儿名叫文璨然，我取的名字。

洛桑故事

2015-12-17

老张的回忆

汽车沿着狭窄的盘山公路一路蜿蜒到了山顶。这是阿尔卑斯山脉中一座不知名的小山，山顶雪原上矗立着一座看上去很有些年头的温泉宾馆。其时，山间正下着大雪。那雪大得出奇，不是国内的下法儿，每一瓣雪花都有棱有角，密密地、狠狠地从天上砸下来，用鹅毛大雪形容都感觉不够力度，只有李白那句“燕山雪花大如席”差可比拟，正是阿尔卑斯雪花大如席。

浴池在室外，一泓碧幽幽的池水咕嘟嘟冒着热气，池沿儿上却是一拃厚的积雪。那雪真白呵，在国内多年见不到那样白的雪了。在这里泡温泉要讲人家的规矩，规矩也不多，就两条：全裸、男女混浴。拖鞋不准脱在池边的台阶上，而要搁到离浴池老远的地方，他光着身子踩着雪颤颤巍巍、哆哆嗦嗦地下了池子。里边只有一对外国小情侣，抱在一起在池中一角狎昵，他偷瞄了一眼，只看到那姑娘身材很瘦小，而小伙子满身金毛。池水略微有些烫，但在这雪天却是正好，他缩到池子另一边的角落里坐下来，伸直双腿，脑袋倚住池沿儿，眼睛所见之处一片白茫茫，万籁俱寂，浑身逐渐放松下来，长长地舒了口气，闭上了眼睛。

也不知过了多久，等他睁开眼睛，那一对小情侣已经不在了，池子里就剩下他一人。这时，池边小径上施施然走来一位全裸的外国女人。这女人身高足有一米八几，金发及腰，红唇碧眼，凹凸有致，落落大方，看不出年龄，除了胸前挂着一大串繁复的项链饰品，全身再无一丝半缕。她走进浴池，在离他不远的地方泡下了。

他有些拘谨，不知道眼睛该看向什么地方，反而是这女人，冲他淡淡笑了笑，仿佛看出了他的不自在，主动跟他聊起了天。她走到他跟前，用手指着他胸前挂着的和田玉观音坠子问是什么，他吭哧吭哧取下坠子，想说这是观音菩萨，男戴观音女戴佛，保平安的，可英语“观音菩萨”怎么讲他不知道，何况这女人讲的也不是英语，不知是法语还是德语，他就更不懂了，于是只能默默地把坠子拿给她看。她把玩了一会儿，还给他，又取下自己胸前挂着的那一大串项链递过来。他明白她的意思是也请他看看她的项链，可她取项链时挺起了胸脯，那一对傲人的双峰骤然出现在他眼前，他哪里还有心思看项链呢？虽然语言不通，但俩人就这样光着身子在温泉浴池里咿咿呀呀地比画着手势艰难地交流着。他告诉她，他来自中国，China，是来瑞士洽谈项目的。她告诉他，她今年四十六岁了，德国人，来瑞士度假。

“后来我才知道，那个女人是个德国的电影明星。”在瑞士洛桑莱蒙湖畔一家偏僻安静的法国餐厅里，我大嚼着牛排，听团里学员老张给我讲他很多年前第一次到瑞士的奇遇。“那真是人间仙境呵，要是能再让我去一次那个温泉，就此生无憾了。可惜我外语不好，那地方叫什么名字压根儿就没记住。”他懊恼地说。一路上，老张不停地问可爱的瑞士姑娘Marylaure BLOCH，附近是否有一座隐藏在阿尔卑斯群山中的温泉宾馆。日内瓦大学外语系中文专业的硕士Marylaure BLOCH用不连贯的中文告诉他，瑞士这样的温泉宾馆有很多，他得告诉她宾馆的名字，她才能帮他找到记忆中的那座宾馆。

这是老张第三回来瑞士。第一回是来洽谈购买设备，发生了温泉宾馆奇遇。第二回是参加某部委的培训，全甘肃省就他一个学员，当时团里有一个广西女孩喜欢上了老张，老张也挺喜欢那个女孩，可那时老张已经结婚生子，早已不能任性地谈一场不期而至的恋爱，于是及早抽身，按他的话讲，“把她让给了团里一个长沙小伙儿”。团组回国半年后，广西女孩和长沙小伙儿结婚了。

因为已是第三次来瑞士，老张显得很从容，团组里他的行李最少，很精干地拉着一个无须托运的小拉杆箱，既不买表，也不照相，一路上只是在一些地方若有所思地发呆，我想他大概是在回忆夹杂在漫长职业生涯中的瑞士奇遇，而那些奇遇也许隐喻了他的职业生涯和人生际遇。

我一口饮尽杯中甘冽的红酒，对老张说，咱们这回是来培训的，别说Marylaure BLOCH找不着那家温泉宾馆，就算找着，我也不能让您去啊，咱得严格执行培训日程。张主任，酒足饭饱，夜色深沉，咱们回驻地吧。

我的朋友Jeffrey

飞机穿越了广袤的蒙古、西伯利亚、波兰和德国，足足飞了十余个小时，直坐得我双脚发肿，鞋都穿不进去，才降落到了日内瓦。六月份还在木钵镇挂职，十一月却在洛桑大学学习，这种巨大的反差让我兴奋。我不怕苦、不怕累、不怕坐冷板凳，就怕生活一成不变、死水一潭，“无聊的生活我死也不要”。六月的一天，我本来只是到单位办理新版工作证，谁知一去不返，单位毫无征兆地宣布我原本三年的挂职就此结束，让我立刻接手中瑞项目，从此再不得闲，直到国庆节才自己开车回到环县喝了杯县上领导和同事们欢送的酒，收拾了自己在县上的东西。别人都以为在离兰近六百公里的贫困县乡镇挂职很辛苦，可我却乐在其中，干得有滋有味。世事就是这样，叫苦叫累的，组织上往往不让你走；有滋有味的，组织上却常常让你火速归队。文件上写得明明白白的为期三年的挂职，实际上一年半就正式结束了，所幸我利用这段时间完成了毕业论文，总算没被这突如其来的变动打乱阵脚。离开时多少还是有些感喟，县上送完镇上送，镇上送完村上送，患有心肌炎从来不喝酒的何县长郑重地喝下了三满杯自己带来的地产酒，已经很少给人写字的县文化局王局长用碎花金纸给我写了一幅很大的条幅，镇上张书记更不待言，在镇上一年半，我和这个同肖狗、同为天蝎座的中年男人建立起了深厚的友谊，我们一起去海南学习，同吃同寝，了解了彼此心中幽远的秘密和梦想。

Jeffrey Petty 教授是洛桑大学高级商学院的EMBA学术主任，已经五十岁的他高挑瘦削，穿着得体，看上去仿佛三十出头。他年轻时是英国高空跳伞队的队员。高空跳伞，Skydive，极限运动的一种，不是Parachute，普通跳伞。我想敢于投身极限运动的人，都有一颗狂野的心，因此我对他从一开始就有好的印象，而他也以典型的英国绅士气度一步步加深了我对他的好印象。十月间，他来兰州为我们上了一周课，我们每天朝夕相处，常常在午餐后聊天，从发表论文的痛苦到苏格兰脱英公投，从瑞士不同语区的文化差异到欧洲宗教革命的影响，从中瑞两国学术和高校体制的异同到职业生涯设计，聊得不亦乐乎。我惊喜地发现，尽管平时鲜有使用的机会，但我依然可以无障碍地和外国人用英文交流，也发现男人之间的话题永远是政治和事业。我们聊到以手机为代表的电子产品对人际交往的侵害，手写的书信越来越少见，结果他回国后二十几天，给我寄来了手写的信笺，信封和信纸都是特制的，烫印着他的名字。他在洛桑附近一个叫Aubonne的小村庄居住了十年，很自豪于三点：他那有一百多年历史的老房子、村里有两家风雨无阻营业的面包店、小村庄作为历史上重要的军事要塞有一座北非穆斯林风格的圆形城堡。

我们到洛桑后，他就急吼吼地来看我，老远就张开双臂叫“My Friend”，然后单独邀请我去学校的教授专用餐厅吃午餐，充分利用他手中那点权力为我们提供各种便利。他一次次执着地问我周末的日程，要请我去他家里坐坐。我有公务在身，当然不可能撇下团组独自外出，但又不想拂了Jeffrey的兴，于是跟团里领导汇报说，Jeffrey教授邀请大家去他家里做客，Jeffrey 于是又专门让学校安排了一辆豪华大巴，接大家去他家做客。有些学员有其他安排，去他家的只有十来人。Jeffrey 把壁炉烧得火热，摆了一大桌吃食，各种各样的肉、奶酪、面包、水果和酒，然后豪爽地说大家敞开喝，他家地窖里有很多酒，管够。于是我的这些来自陇原大地的朴实的学员们，就真的敞开喝了起来，不消多时就喝掉了九瓶红酒。直到最后一天从日内瓦登机回国时，我们才在一家大型超市里看到 Jeffrey 那天请我们喝的酒是一瓶一百多瑞郎的好酒，然后大家才咋舌并后悔地嘟囔起来：那天大家太不客气，一顿喝掉了 Jeffrey 一千多瑞郎，让他破费大发了。

莱蒙湖畔的牛排

“我不想返回尼翁，而是要到洛桑去。我想欣赏那个美丽的湖，因为在洛桑看湖水，可以饱览无遗……日内瓦湖的景色和湖岸的绮丽风光，在我心目中总有那么一种难以形容的特殊魅力，这种魅力不只是由于风景之美，而是由于一种我自己也说不出的、使我感动、使我兴奋的更有意味的东西。每当我来到伏沃这地方的时候，就引起我许多感想，使我思念到：这是华伦夫人出生的地方，是我父亲住过的地方，是菲尔松小姐打开我情窦的地方，也是我幼年时期做过多次愉快旅行的地方；除此之外，我觉得还有一种比所有这一切更神秘更强烈的使我心情激动的原因，每当我热烈希望享受我生来就该享受，却又老得不到的那种幸福安适的生活，因为引起我的幻想时，我的幻想总是留恋在伏沃这地方，留恋在这湖水之滨，和这一片片景色宜人的田野之中。我一定要在这个湖畔有一处果园，而不是在别处；我要有一位忠实的朋友，一个可爱的妻子，一座小屋，一头乳牛和一只小船。将来我有了这一切的时候，我才算在世上享到了完美的幸福。”

瑞士之行，我随身携带的是让-雅克•卢梭的《忏悔录》。在湖边宾馆的夜晚，我恰好读到了这一段。这位性格怪异冷酷的哲人这样描述洛桑、莱蒙湖和沃州。莱蒙湖是阿尔卑斯湖群中最大的一个，面积582平方千米，瑞士拥有348平方千米，法国拥有234平方千米，瑞士称之为日内瓦湖，法国称之为莱蒙湖。我之所以喜欢用法国的称呼，是因为此湖在瑞士贯穿了三个州，日内瓦州只占据西岸的一小部分，所以不仅是在法国，即使在除日内瓦以外的瑞士其他地方，人们通常也称此湖为莱蒙湖。喜欢晨练的学员们每天早起沿湖边步行一个半小时到学校上课，我跟他们走过一次，想想卢梭、拜伦、巴尔扎克、柴可夫斯基、海明威、卓别林等大艺术家都曾在这里漫步，就觉得很幸福。湖边有许多鸳鸯、天鹅和不知名的水鸟，它们并不怕人。临湖错落着一幢幢别致而古老的西式建筑，星星点点地散布着许多安静雅致的餐馆。我们在一家法国餐馆品尝了特色的煎湖鱼，也在一家意大利餐馆吃了乳酪蘑菇。学校的餐厅还有阿拉伯餐、土耳其餐等，我吃不惯，于是学了个乖，就是到哪儿都点牛排。瑞士的牛是在高山上吃绿草、喝清水养大的，肉很鲜美。对我来讲，在看不懂法语、意大利语菜单的情况下，牛排是最安全的选择。

周末，我们去了邻近洛桑的小城蒙特勒。临近圣诞，那里传统的圣诞市场刚刚开张，里面有许多卖小吃、香料、手工艺品的临时摊点，还有街头艺人表演乐器、魔术甚至吹玻璃，游人如织，新奇不断，仿佛来到了哈利·波特魔法世界中繁华神奇的对角巷。蒙特勒的标志是著名的西庸城堡，我以前还拿它的照片做过电脑桌面，现在，我来到了它面前。在苏黎世，约了本科同班同学王黎郡，但最终工作日程太满，没时间见面。她是个高挑的上海女孩，一毕业就嫁了个长得很像曼联中场传奇保罗·斯科尔斯的瑞士小伙儿。十年后我来到瑞士，才发现她的选择也许并不坏。没关系，世界很小，我们早晚都会再见。

中国人从不耍诈

购物是课余时间的重要内容。我以前说过，新加坡和澳大利亚都不算是购物天堂，现在我得说，购物天堂在瑞士。在我的总结报告里，我写了这样一句话：团组注重以行动和细节展现“三个自信”。这句话里面，隐藏着这样一个小故事：在洛桑的一家钟表店里，我的一名学员给女儿购买了一块昂贵的 Jaeger-LeCoultre 约会系列玫瑰金机械腕表作嫁妆，买单时反复和女店员确认金额，在女店员确认无误后刷卡离开。过了不久，我正在不远处的另一家钟表店帮朋友选购，只见这名女店员气喘吁吁地跑到我跟前，用不流利的英语跟我说，她算错了账，那位学员少付了五千瑞郎。店主责骂了她，让她赔钱，她哭了一场，已经从银行取出钱准备赔偿，但又不死心，想找到那位学员。跑出店外，四下一个中国人都没有，正在绝望之际，居然遇到了我，因为购物时我是翻译，所以记得我。我淡定地叫导购小姐拿来纸和笔，给她写下了我的手机号和所住宾馆的名字，叫她下午两点半到宾馆等着，届时我让学员给她付钱。她似乎觉得有些太容易，不大相信我，我说放心好了，We Chinese never cheat，我的学员更不会占你那点小便宜。下午两点半，我们在宾馆门前集合准备外出，这名女店员带着家人早早地就等在楼下，我给那位学员说明了情况，她爽快地随她们去银行补刷了五千瑞郎。女店员一家感动得不行，打车把她送回宾馆，在宾馆门前拉着她和我说了很多感谢的话，我说不用客气，We Chinese never cheat. 这件事让我自豪和高兴，富裕起来的中国人足够自信、足够从容、足够有教养。

了不起的盖茨比

2016-4-24

一个师兄

晚餐后，学员们都要在这有200亩地、400间房、10000株树的院子里散步，日行万步已经成为各地公务员的共同爱好。我走得少，但有时会被同学们邀请一起。一天傍晚，中国商飞那名体重足有190斤的学员邀我一起散步，我俩绕着学院那座据说由瑞士人设计的“工”字形大楼走了三圈，刚好一万步。我胖，他比我还胖；我喘，他比我还喘。北京的空气坏到我只能两天抽一包烟，再多，夜里就会被痰堵醒。我跟他不在一组，不记得他的名字，只依稀记得他姓唐，于是心里就管他叫唐胖子。

唐胖子参加工作16年，毕业于大名鼎鼎的北京大学光华管理学院，那个时候，院长还是厉以宁。他是北京人，从光华毕业拿到了韩国三星的Offer，去韩国工作，一干就是8年，自学了韩语。“那时韩国还没多少中国人，我脾气大，韩国人老觉得比中国人有钱，我就不服，屁大点地方有什么呀？那8年，我满世界出差，也见了世面，收入是现在的好多倍，钱也挣了不少。什么孤独的滋味，我都懂。”他穿着老北京布鞋，迈着八字步气喘吁吁地跟我讲。

唐胖子的韩国生活到第8年有了重大转折——他恋爱了。那是个中国姑娘，西南一所挺普通的大学毕业，可就是风情万种，把唐胖子迷得五迷三道的，“她在大学里是文艺骨干，重要文娱活动都是她主持，声音特别好听”。有段时间，唐胖子痴迷这女孩到不光给她买贵重奢侈品，还暗暗打算策划一次超级无敌罗曼蒂克求婚仪式的程度。他打算拍摄下100位北大老师、同学、校友的祝福，做成片子，然后包下豪华酒店最大的厅，带女朋友到场，然后忽然在漆黑的厅里开播这部声势浩大的视频，播完灯光大亮，宾朋满堂，然后他就把女朋友拉到台上，献上沉沉的钻戒，跪地求婚。然而，就在唐胖子还在筹划这盛大的求婚仪式之时，女朋友却忽然提出要回国一段时间。起初唐胖子也没介意，谁知道女朋友一去不返，过了一个月，打来电话说对不起，其实她一直在国内有个处了好多年的男朋友，这次回国，发现旧情难忘，又跟他在一起了，已经领证，短期内不打算回韩国了。唐胖子一下懵圈了，光华的毕业生，被劈腿了？被玩弄了？被甩了？唐胖子接受不了，问女朋友：你这不是脚踩两只船吗？你这不是玩人吗？你有男朋友，那我算什么？女朋友在电话里冷冷扔回俩字：炮友。

那一年，唐胖子的世界天昏地暗。父母都知道他寻寻觅觅，终于找了个心爱的女人，也见过他女友了，就等着抱孙子，忽然说不行就不行了。二老不愿相信，那个平凡到平庸的女孩能恶劣地玩弄和甩掉他们光华毕业、拿着外企高薪，还有北京户口的儿子。唐胖子觉得生无可恋，连恋情的发生地韩国也捎带着厌恶起来。过了三个月，辞职回国，正逢中国商飞组建，一路过关斩将就进了这家年轻的央企。起初在上海工作，不久经人介绍就认识了现在的妻子，二人相见恨晚，很快结婚。妻子是北方人，受不了上海的气候，闹着先回了北京。父母急着要抱孙子，两地分居怀不上，唐胖子一咬牙一跺脚，申请调到了公司在北京的研发部门。“现在，我每天早上6:25出门，先坐地铁再坐公交，开车不行，太堵太累，花两个半小时到单位上班。下午5:30下班，在单位吃完晚餐，再磨叽会儿，7点坐通勤车到天通苑，再在地铁上晃荡一个小时，到家。钱我不缺，什么时候算够呀？只要让我在北京，每天下班能看到父母、老婆、孩子，怎么都成。”

我说我怕不同体系内跳槽，付出太大的沉没成本，他说从头干起并不可怕，当初他从韩国回国，从外企跳到国企，就是一切从头开始。他摇头晃脑地讲自己一对女儿的可爱，家庭生活的幸福，滔滔不绝，我不合时宜地插了一句：“现在，你是不是觉得自己当初应该买艾叶，焚香沐浴翻筋斗，拜谢前任那个绿茶的不嫁之恩呢？”唐胖子一愣，吸了口烟说：“算了，君子交绝，不出恶声。”

散完步回到寝室，想想唐胖子从外企到国企的经历，不由得感叹一些神奇的北大人，他们可能在感情上遇到奇葩卑劣的绿茶，可能在事业上遇到怀才不遇的瓶颈，可他们不抛弃，不放弃，奋斗不息，总能把手中的一把暗疮牌打出花来。

愿唐胖子此生再遇到的，都是良人。

两位书记

学习期间，我们来到河南安阳林州市红旗渠干部学院开展现场教学。这里，两位性格、人格、风格、品格都极为相似的县委书记引起了我的极大关注。

杨贵，河南卫辉人，1928 年出生，1943 年入党，1954 年任中共林县县委书记，一干就是 21 年。1960 年，杨贵带领县委一班人，以“重新安排林县河山”的雄心壮志决心修建红旗渠。其间，杨贵顶住了重重压力，克服了种种困难，成为林县人民的领路人。在《我们有决心建设一个社会主义新山区》一文中，杨贵说：“山区贫困面貌靠我们带领群众流血流汗去改变，我们必须树立这样一个信念：头可断，血可流，不建好山区不罢休。”“如果建设社会主义总是一帆风顺，不需要艰苦奋斗，很容易得到成功，还要共产党的县委干什么？还要我们这些共产党人干什么？”三年严重困难时期，全国吃粮普遍困难，林县却有余粮支撑修渠，原因是1958年“大跃进”时，杨贵让林县上报的粮食实际亩产是125斤，而当时有的县上报的是500斤甚至1000斤。报得越浮夸虚假，国家收“征购粮”后就越困难。1958年秋后，上级命令土地要深翻一米，杨贵让群众只翻十几厘米，结果林县的秋种都按时完成，而有的地方30%的土地来不及播种。正是因为有了这样一位实事求是、敢于担当的县委书记，林县不但在严重困难时期没断粮，还拿出1000万斤粮食支援灾区。通过一条红旗渠，杨贵与林县人民心连着心，在当地干部群众中享有极高威望。

1967年，林县造反派用汽车拉着杨贵，一个公社一个公社地轮流批斗，他们将杨贵关押到县一中的一间教室里，由几个人昼夜看守。林县群众十分担心杨贵的生命安全，大家秘密磋商，决定救出杨书记。一天，正当看管杨贵的几个人睡午觉时，五个汉子推开囚室的门，不由分说便架着杨贵上了一辆卡车向红旗渠疾速行驶。到了渠首，几个人才说：“杨书记，你不用担心，我们是来救你的。现在我们把你拉到这里，是想再让你看一眼你亲手建造的红旗渠，然后，我们准备把你送到山西藏起来！”杨贵听了，泪水不住在眼圈里打转。20世纪90年代，杨贵曾三回林县，成千上万的群众从数十里之外的山村蜂拥而来，甚至山西、河北的部分群众也从百里之外赶来欢迎。杨贵讲话十几分钟，群众流着热泪鼓掌27次，长达半小时之久。2010年9月，80多岁的杨贵再次回到林县。村里的老人们听说老书记回来了，纷纷拥到大路上，杨贵询问他们的年龄，让人惊异的是他们中有许多人是这样回答的：“我比您小两岁。”“我和您同岁。”一个真正的共产党人、一个一心为民的县委书记，人民群众就是这样爱戴，就是这样铭记！

谷文昌，河南林州石板岩镇人，1915年出生，1943年入党，1949年随军南下福建，1950年东山岛解放，谷文昌任中共东山县第一区工委书记，后任东山县委书记。当时，退守台湾的国民党反动派袭扰不断，掳掠壮丁，岛上一半家庭被生生拆散，制造了许多“寡妇村”。按照当时的观念，这些遭遇不幸的家庭，其成员是不折不扣的“敌伪家属”。谷文昌反复考虑，认为那些壮丁并非心甘情愿为国民党反动派效劳，而是被强行掳走的，他们的家属都是贫苦百姓，应该成为我们党团结的对象。他提出把“敌伪家属”改为“兵灾家属”，对他们，在政治上、经济上要与普通村民一样平等对待。这一条措施，暖了东山人民的心。在1953年的东山保卫战中，做着“反攻大陆”迷梦的国民党反动派死也没想到，原本以为会箪食壶浆迎接儿子和丈夫所在军队回来的东山人民同仇敌忾，到处张贴标语，保护伤员，冒着生命危险帮助人民军队。当时，东山岛风灾严重，有3.5万多亩荒沙滩，“微风三寸土，风大石头飞”，一年有150多天刮6级以上大风，全岛194平方千米土地的森林覆盖率仅为0.12%。中华人民共和国成立前的近百年间，风沙吞没了13个村庄、1000多座房屋、3万多亩耕地。1949年全岛6万多人，外出当苦力、乞丐的占1/10，因风沙患红眼病、烂眼病、失明或半失明的人比比皆是。谷文昌和县委一班人认识到“挖掉东山穷根，必先制服风沙”，他发誓：“不制服风沙，就让风沙把我埋掉！”

1958年起，谷文昌带领县委发起轰轰烈烈的全民造林运动，选树种、找方法、做实验，几经挫折，终于探索出华南沿海地区造林防风固沙的最佳树种木麻黄的种植成活规律和养护管育办法。他爱树如命，见人就说：“谁要伤一棵树，就是伤了我的胳膊；谁折断一根树枝，就是折了我的手指。”至1964年，东山造林8.2万亩，400多座小山丘和3万多亩荒沙滩基本完成绿化，形成了177条每条宽50至100米、总长达194千米的林带。这些林带宛如一道绿色长城，顶狂风、镇飞沙、抗怒涛、护田园，由此东山耕地面积增加1万多亩，农田改良7万多亩。

1963年，时任福建省委书记叶飞考察东山，对那里的变化感到吃惊，向省委建议重用谷文昌。1981年，时任福建省委书记项南视察东山，激动地说：“搞四化建设就需要这样的好干部。”至今，东山群众中流传着“看见木麻黄，想起谷文昌”“先拜谷公，再拜祖宗”的谚语。1981年，谷文昌在漳州病逝。2009年，谷文昌被评为“100位新中国成立以来感动中国人物”。2015年，谷文昌纪念馆在河南林州开工奠基。习近平总书记在《“潜绩”与“显绩”》这篇文章中，称赞谷文昌“在老百姓心中树起了一座不朽的丰碑”。

我想起，马克思在《关于费尔巴哈的提纲》中写道：“环境的改变和人的活动或自我改变的一致，只能被看作是并合理地理解为革命的实践。”

三年以后

三年前的四月，我在总部借调。三年后，我结束了在基层的驻村工作，在又一个杨絮飘舞的四月，来到了总部，不同的是，这次我是作为第四期骨干班的学员。每年一期的骨干班是总部极为看重的班次，跟踪数据显示，参加完骨干班培训的学员，在返岗后的一到三年内全部获得提拔，无一例外。我心里不以为然，经历告诉我，许多无一例外的事情到了我身上就会出现例外。

有时候我会想起菲茨杰拉德笔下了不起的盖茨比，他以为疯狂挥霍金钱就能证明自己是上层精英的一员，可实际上他到死都只是一个没有身份的私酒贩子；他以为和上层社会的女人发生关系、为她顶了罪就能得到她的心，可实际上关键时刻黛茜毫不犹豫地抛弃了他，轻松如唾掉一块没有了甜味的口香糖。虚华癫狂的爵士时代里，盖茨比总想证明给世人、给他爱的人看，他是有多了不起。可最后，人们嘲笑他，唾弃他，遗忘他，连他爱着的女人也是如此。三年前，我来帮忙，是打杂的干事；三年后，我来学习，是培训的学员。作为这一期骨干班中最年轻的学员，虽然心旌猎猎，但我对自己说：要默默无言，只有工作能帮助我们实现所有的光荣与梦想，其他的事，都不重要。你没有观众，也无须向谁证明。要安静，要安静，因为，你不是，也千万不要是，了不起的盖茨比。

从苏黎世到慕尼黑

2016-6-26

从奥尔滕去往洛桑的路上大雨瓢泼，手机忽然收到一条关于甘肃的新闻，某省属高校的一位领导坠楼了，我的心情顿时变得沉重。这则新闻对有些人可能不过是可以揣测的谈资，可对我而言却是一个鲜活生命的逝去。2011 年，我和这位领导一起去澳大利亚和新加坡公干，他是博导、专家，也是正厅级的领导干部，身上没有官僚气，一路上自己背着双肩包，豁达而开朗。回来时，他送我一瓶法国红酒，那瓶酒依然躺在家中的酒柜里。五年后，我又奔波在陪同领导出访外国的路上，却从手机新闻上读到关于他的噩耗，这让我感到悲伤。怎样对待义与利，怎样平衡工作与生活，怎样既以入世的雄心努力谋划精彩的职业生涯又以出世的情怀始终拥有恬静的精神世界，是年轻干部必须面对的永恒课题。

人生中有一些机会要等到很多年后你才会认识到，它们的的确确是可以改变你人生轨迹的机会，只是当时的你不知道。因为不知道，所以就不会全力以赴去争取。在北大读书时，我申请过一个交换生项目，是去芬兰赫尔辛基大学，为期一年。那段时间我的心情很低落，为什么低落，现在已经忘记了原因，只记得当时想，把自己流放去天寒地冻的北欧，躲在那无人相识的地球角落安静地读点书，学点外语，应该是一件很美妙的事情。因为外语的优势，我的申请很顺利，一直到了最后一轮面试。可惜那轮面试没有通过，很多新的机会又出现在生活中，我也很快就忘记了这件事，并不在意。很多年后，在做了很多次公务员面试考官以后，我在电脑里翻看过去的照片，那天早上我去北京大学国际合作部面试时的照片忽然映入眼帘，我看到一个穿着西服，领带端正，表情热切的小伙。我想假如我是面试官，应该会给这个小伙儿去赫尔辛基学习的机会——

如果他留的不是披肩长发的话。是的，一切都很不错，唯独我那时的发型，是狂傲不羁的长发，或许没有面试官会给一个留着长发的男生这样的机会。当时的我并不懂，有时在表面上彰显个性会对自己造成实质性的损害。最终是我们新闻网的小伍伍蕴瑜去了赫尔辛基大学。我一直在想，假如当时我能以校园乖宝宝的形象出现在考官们面前，最终获得那次机会，也许我会在赫尔辛基遇到一些中国留学生，会听到他们怎样申请留学，怎样谋划留在国外，会早在十年前就看到欧洲的文明和繁华景象，也许我就会改变不想留学的主意，那么，也许我今天就会生活在赫尔辛基或者纽伦堡，而不是——兰州。

在卢瑟恩临河餐馆的露天阳台上，我点着烟望着雨中的花桥，品尝了Rivella酒；在柏林迟迟不肯降下夜幕的傍晚，我尝到了有正宗帕尔玛火腿和Oregano的意大利比萨；在希特勒发动政变的那家啤酒馆，我喝了好几个古老品牌的德国啤酒，吃了巴伐利亚猪肘子；在纽伦堡的餐馆里，我与一大群德国人一起看完了德国对阵北爱尔兰的欧洲杯小组赛；在柏林墙边的河边小广场上，我录下了一位秀气的流浪歌手沙哑而动听的歌声；在瑞士莱蒙湖区著名的世界文化遗产拉沃酒庄，我买了一瓶上好的红葡萄酒，想等到有一天为一件高兴的事与家人共同分享；在洛桑大学，我再一次见到了 Jeffrey Petty 教授，他像老朋友一样询问我的生活和工作近况，正是在他的帮助下，我得以邀请到洛桑大学四百多年来首位女性校长、瑞士国家科学院院士 Nouria Hernandez 教授会见我方的领导。我会在工作之余悠然逛商店，给爱人、女儿、母亲、姐姐这四个女人买一些小巧的礼物。这个过程，是亲身感受西方文化的过程。做外事工作，首先要了解和尊重外国文化。我认为言必称中国，守着自己的生活习惯不愿作出一丝丝牺牲、尝试一点点新鲜事物，出国公干三四天都要带一瓶老干妈、两桶康师傅的人，做不好外事工作。我了解、尊重和适应西方文化，正是这一点不同，使我能够在外事工作中与外国友人进行更加良好、高效的沟通。在柏林马恩广场，我看到了马克思和恩格斯的雕像。真正的中国马克思主义者，一定是开放的、国际的、包容的。中国的发展程度在一些方面距离欧美还有差距。中国未来的发展依然需要坚持马克思主义，仍然需要向西方学习。

在《三体Ⅱ 黑暗森林》第168页，刘慈欣写道："作为政治家的泰勒，一眼就看出这人属于社会上最可怜的那类人，他们的可怜之处不仅仅在于物质上，更多是精神上的卑微，就像果戈理笔下的那些小职员，虽然社会地位已经很低下，却仍然为保住这种地位忧心忡忡，一辈子在毫无创造性的繁杂琐事中心力交瘁，成天小心谨慎，做每件事都怕出错，对每个人都怕惹得不高兴，更是不敢透过玻璃天花板向更高的社会阶层望上一眼。这是泰勒最看不起的一类小人物，他们是真正可有可无之人，想想自己要拯救的世界中大部分都是这类人，他总是感到兴味索然。"

读到这里时，我感到深深的自卑与自怜——我就是这样的一个人，为保住自己的地位忧心忡忡，在毫无创造性的繁杂琐事中心力交瘁，成天小心谨慎，做每件事都怕出错，对每个人都怕惹得不高兴，甚至有时在群里聊天时，也生怕自己说错一句话，让某一位遥远得仿佛可以不管的朋友不高兴。很多时候，对一个人、一件事、一个群、一座城的厌倦会忽然降临，量变在潜意识里累积，质变总发生在一瞬。既然沟通在本质上不可能实现，我们每个人都注定孤独，那么就请允许我保持沉默。

率性而为，不要说话。

老僧已死成新塔

2016-12-30

手机 App 显示，2016 年，我乘坐飞机 31 次，飞行了 64312 千米，累计在飞机上待了 98 小时 10 分钟，飞行里程超过了 90.7% 的其他用户，结论是“登峰造极，您就是为飞行而生的”。每年的出差都很多，但今年格外多。当你人还在北京，就接到领导电话让你不要回家，直接从北京飞到延安时，这种马不停蹄的节奏有时会让你觉得自己还蛮重要的。

中国延安干部学院是所谓的“一校五院”之一，在北京送走一班学员，我就直接飞到了这里。学院坐落在城郊，空气清新，环境幽静。我的生活很规律，白天上课，晚上读 Ross Terrill 的 *MAO:A Biography*。带着学员们参观遍了周边的革命胜迹，还去了几个县区。在革命纪念馆前的广场上，我终于见到了那座毛主席铜像。20 世纪 90 年代末，这座城市要树立这座铜像，向全国募集捐款，我父亲捐了一万元，受捐方给父亲赠送了两个带编号的缩小版铜像。我认真听完了讲解员的讲解，出来绕着铜像转了好几圈，我为父亲感到自豪。

11 月 15 日，在延安干部学院一号教学楼的教室里，正在听课的我收到蒋老师的短信：论文匿名评审以全 A 的成绩顺利通过。好巧不巧，我正式决定考博是在 2011 年 11 月 15 日，刚好五年，分秒不差。那一刻，我的眼眶湿润了。事不亲历不知难。从 2012 年 9 月入学到 2016 年 12 月毕业，这四年，我结婚、生子、挂职、晋升，频繁地出国、出差，处在人生从青年转向中年最艰苦的爬坡提速阶段。在此过程中，我亲眼看着一些以前的同行者们逐渐颓废成了无所事事、没有追求、万事大吉的中年男女，工作上只求过得去，生活中只是吃喝玩乐，学习早已谈不上了。只有包括我在内为数不多的几个人仍在不停地学习、努力地工作。这五年，我在工作上不断增强本领，改进方法。2012 年、2013 年、2014 年、2015 年、2016 年，我连续五年年度考核优秀。我记过三等功，评过先进工作者、优秀共产党员。与此同时，我累计发表了八篇论文，包括两篇 CSSCI 论文。我还消遣式地写了十万多字的小说。不谦虚地讲，这几年里，我拿出了一个年轻干部在这个阶段靠自己的能量所能拿出来的最漂亮的成绩单，得到了一个年轻干部在这个阶段靠自己的能量能得到的一切。我想对孩子说，靠谁也不如靠自己发展，凭什么也不如凭手艺吃饭，事上以敬、事下以宽，为而不争、劳而不怨，清而不愎、能而不专，又有什么梦想是实现不了的呢？

12 月 6 日，毕业答辩如期在兰州大学齐云楼举行，之前蒋老师提醒我穿得正式一点，我笑着说："放心吧，为了这一天，我都不知道准备了多少条新领带、多少件新衬衫了。"那天答辩的有七人，我是第一个。由于七个人里只有我一个人的论文是全 A 通过匿名评审的，因此我底气很足。已经留校的同学海蛟提前给我发来之前几位毕业生的答辩 PPT 让我参考。我看了看，每个人都做了几十页。

我没管，还是拿着我那只有十页的PPT就去了。结果很完美，答辩委员会的老师们都很给面子，给我提了几个不痛不痒、疥癣之疾的小问题，我只用一晚就全改好了。当天晚上，参加答辩的七位学生照例请答辩委员会的老师们吃饭，席间张院长、杨院长说兰大马院已被列为全国九大马院，经费充足，学院会联系中国社会科学院出版社资助出版毕业博士们的毕业论文，教我不要急着自己出。这真是个意外的好消息。

接下来几天，忙着办理各种毕业离校手续，填写和提交许许多多个表，给图书馆、档案馆、研究生院等地方提交论文。12月23日，平安夜前夕，蒋老师叫我去学院领取了学位证、毕业证，我还穿着博士服在学院照了相。因为是在冬季毕业，没有盛大的毕业典礼，没有校长为我拨穗，但我的高兴并没有减少，能在2016年的岁尾顺利圆满地结束这件事情，对我而言真是再美妙不过的happy ending.年前请倪老师和同门师兄弟们欢聚一场，谢过师门，读博这件事就算彻底落下帷幕了。也许有人会问：读书读到博士到底有什么用？有个叫“博士中国”的公众号，里面有一篇以此问题为题的文章做了解答。有什么用？对我来说没什么用。我不等着拿它去评职称、申报课题。对我来说，唯一的用处就是证明了我的脑力、学力都完全配得上一个博士学位，仅此而已。

能想象吗？从今而后，我自由了，节假日再也不必把自己关在书房里闷头写论文，想读什么书就读什么书，即使是不登大雅之堂的玄幻、侦探小说，周末躺在摇椅上看一整天电视再也不会有什么负罪感。还记得吗？跳槽、结婚、生娃、读博，2009 年的“陆洲四事”，七年后，我终于全部办妥了。回首这七年，我想说，我是一个勤奋的孩子，自我驱动永无停歇，扎硬寨，打呆仗，众人都抢的事情没有往上凑过，众人都不愿做的事情主动去钻研去承担，我是走得费时费力，横垄沟里拉碌子——一步一个坎儿，却走得心安理得、坚定踏实。

2016 年是顺利而精彩的一年，恰如 2015 年一样顺利和精彩。对我来说，它不只是一年的结束，而是从 2009 年以来一个长篇故事的完结。让我们看看从 2017 年开始的新故事，会有怎样精彩的情节，我已经等不及了。青春的陀螺转不停，让我们继续做梦吧。正是：

人生到处知何似，
应似飞鸿踏雪泥。
泥上偶然留指爪，
鸿飞那复计东西。
老僧已死成新塔，
坏壁无由见旧题。
往日崎岖还记否？
路长人困蹇驴嘶。

书和影

镜前的知识分子

2007-4-30

公元 1894 年，来自阿尔萨斯的年轻犹太上尉德雷福斯（Alfred Dreyfus，1859 年—1935 年）被控在法军总参谋部任职期间把有关新式武器的秘密文件出卖给德国驻法武官。由于当时军界排犹主义情绪猖獗，军事法庭在证据不足的情况下判处德雷福斯终身监禁，押解到法属圭亚那的魔鬼岛服刑。数年后，法军情报处皮卡尔上校发现真正的罪犯是出身匈牙利贵族的埃斯特拉齐少校。但军方为掩盖真相将皮卡尔上校调任突尼斯，并于 1898 年 1 月宣布埃斯特拉齐无罪。案件的揭发引起公众的广泛注意，著名作家左拉发表致总统的公开信《我控拆》，要求为德雷福斯平反，超过 30% 的大学教授和为数更多的知识界、出版界、文化界人士卷入这一事件，他们对案件的不同态度使得“左”和“右”的派别划分第一次显现得如此清晰与不可调和。1898 年 8 月法军情报处军官亨利在舆论的压力下供认关于德雷福斯罪行的材料系其伪造，当即被捕，后在狱中自杀。1899 年共和派在“保卫共和国”的口号下组成新政府，打击民族沙文主义者，要求司法部重新审理此案。但是，军事法庭仍判德雷福斯有罪，只是把刑期减为 10 年。最后，总统下令对德雷福斯实行特赦。直到 1906 年最高法院才判定德雷福斯无罪，为其恢复名誉。这就是法国政治史、社会史、文化史都绕不开去的，著名的德雷福斯事件。知识分子们走出书房和实验室，竭尽所能地运用各种媒介，利用他们的理性、智慧和知识，希望依靠集体的力量拯救魔鬼岛上的德雷福斯。他们放弃了一贯的审慎、持重原则，干预了国家事务。如果说启蒙时代伏尔泰对冤死的加拉斯的辩护还属于先哲的个人行为的话，德雷福斯事件从一切意义上，都宣布了现代知识分子群体的诞生。

于是自然而然地，这本由法国著名知识分子史学家让-

弗朗索瓦·西里内利主编的《西方当代知识分子史》对西方各国当代知识分子的研究，无不以德雷福斯事件为起点或某种话语背景。西里内利与萨特、阿隆、莱维-施特劳斯、梅洛-庞蒂、康吉扬、卡瓦耶等人一起出身于高等师范学校预科班，作为法国历史学会现任主席，我们对他的《20世纪的两位知识分子——萨特与阿隆》并不陌生。德雷福斯事件赋予“知识分子”现代的内涵：所谓知识分子，是“每一时代的批判性良知”，是“反抗的人”，知识分子的首要功能是什么？知识分子的首要功能是批判。

然而，与一切宏大叙事一样，知识分子在各国代表着不同的群体，指称着不同的理念和行为模式。如果仅从德雷福斯派的角度定义知识分子，显然在许多国家的许多历史时期没有真正的知识分子群体，最为典型的国家就是英国。中国的情况更为复杂和莫衷一是。费孝通、许纪霖、余英时、杜维明、乐黛云、谢泳等学者都做过中国知识分子的研究。对中国知识分子的研究，总会牵扯出传统的士大夫文化，出世入世，明道证道，由是而上下五千年洋洋洒洒。余英时分析了中国传统士人的“内向超越”，对世间“不离不即”的性格特征。这种群体性格所带有的伦理—宗教特征使得其在被践行的过程中往往被扭曲和最大程度的世俗化、实用化。“内向超越”变为隆中高卧、戒急用忍的个人成功学；“不离不即”沦为清谈扯淡、名利双收的二丑艺术。相比犹太教、基督教、印度教文化中的知识分子，中国传统知识分子少了一份超脱此世的彼世追求，而其所面对的外部环境又超乎寻常的残酷和善变。直至20世纪80年代以来，社会重新从国家中解放出来，但知识分子还没来得及从边缘走向中心，就被急剧的商业浪潮所席卷和颠覆，成为大众媒体浅薄的主角和御用。中国多的是孤臣孽子、文人师爷，少的是萨特、阿隆意义上的知识分子，《二十四史》记载了数不清的文人相轻、相害戏，时至今日，仍动辄有十博士二十博士联名弹劾某某，知识分子的“批判”，止于此耳。

在这样的话语环境中，像《西方当代知识分子史》这样一本并不易读的译著，它的出版发行给予了我们一面镜子。中国知识分子群体在这面镜子前可以照见自己种种的浮躁与荒诞。据说日本民间流传着这样一个故事：在深山里，有一种特别的蛤蟆，它和同类相比不仅外表更丑，而且多长了几条腿。人们抓到它后，将其放在镜前或玻璃箱内，蛤蟆一看到自己丑陋不堪的真面目，不禁吓出一身油。这种油，却是民间用来治疗烧烫割伤的灵药。“黑泽天皇”用这个故事命名了自己的自传。中国当代知识分子如果能从意大利、德国、英国、西班牙、阿根廷，乃至魁北克知识分子的历史中找出自己从子宫中带来的丑恶，并更好一些地设想，被惊出一身有利于后世的“油”来，那么这一天可以被定义为21世纪中国知识分子的生日。譬如北京大学并不把自己的历史渊源追溯到稷下学宫、汉时太学，而只是以常为新的态度将其划定在1898年一样，中国现代知识分子群体的自我证明、自我定义也无须上溯千年、遍求诸子，而是需要等待，等待一个中国当代的德雷福斯事件的到来。

（本文系应邀为《西方当代知识分子史》所写的书评，发表于2007年第9期《财经》杂志。）

彼拉多的救赎

2009-1-18

占星王与磨坊主小姐美女琵拉的儿子、勇敢的金矛骑士、罗马军团的前保民官、伟大的提贝里乌斯皇帝任命的第五任罗马帝国犹太总督、残酷的本丢·彼拉多，在新春尼散月十四日凌晨，“身披血红衬里的白披风，龙骧虎步走到大希律宫两厢配殿间的柱廊上”，审讯并被迫下令处死了那个那撒勒人，暗中派人刺杀了那个叫犹大的人。从此，他就在宽阔的月光路上徘徊了一千多年，为自己犯下的罪懊悔。从此，人们记住了他，残酷的犹太总督本丢·彼拉多。是他，下令把那个叫耶稣的那撒勒人钉上了十字架。

一千多年来，谁，谁曾进入过彼拉多的内心？谁，谁曾想到过这位龙骧虎步、威风凛凛的金矛骑士，孤独地在一座他所憎恶的城市，面对着无数憎恨他的民众，一边忍受着想让他自杀的头痛，思念着他在该撒利亚的大图书馆；一边和唯一的亲近者——烈犬斑迦一起履行着犹太总督这一令他讨厌、令他夜夜无法入睡的职责？谁，谁曾想到过，残酷的犹太总督本丢·彼拉多的灵魂也需要宽恕、安宁和解脱？尽管是他，流了那义人的血。

只有米哈伊儿·阿法纳西耶维奇·布尔加科夫，这位苏联作家，想过。

因为想过，布尔加科夫让他笔下的大师写了一部关于救赎彼拉多的小说。这部小说打动了大师的秘密情人，有法国皇后血统的玛格丽特，使后者疯狂地爱上了他。而玛格丽特，因为其高贵的血统，被化名沃兰德，率四个侍从大闹莫斯科的魔王撒旦选中为其“魔王舞会”的主持人、撒旦临时的女朋友、魔界的女王。在圆满完成临时女王的工作后，撒旦答应满足玛格丽特一个愿望。玛格丽特要求撒旦恢复大师那部被秘密警察焚毁的关于救赎彼拉多的小说手稿。魔王不仅恢复了手稿，还阅读了它。魔王被小说深深打动，因为本丢·彼拉多下令处死那个那撒勒人时，他也在场。魔王决定按照玛格丽特的愿望，使他们回到从前在地下室安静地创作小说时的二人世界。可是这部小说实在写得太好了，连那个那撒勒人看后也大为感动，他派利未·马太——《马太福音》的作者，告诉撒旦，请他把大师和玛格丽特带回到幽暗世界，“因为按功德他们不应得到光明，却应得到安宁”。最终，大师和玛格丽特像自己的小说里写的那样，在皎白的月光下，亲手解放了独自在月光路上徘徊的犹太总督本丢·彼拉多。彼拉多和耶稣基督继续着他们关于哲学的聊天走向月亮，他终于在星期日凌晨获得了最后的宽恕、灵魂的解脱。大师和玛格丽特追随撒旦，在幽暗世界里获得了永恒的安宁。

这才是《大师和玛格丽特》最准确的故事梗概，它是一部关于救赎本丢·彼拉多的小说，而不是“撒旦走访莫斯科，捉弄莫斯科各色人士的荒诞故事”。

2005年，我在一段漫长的旅途中看完了作家出版社1998年版的《大师和玛格丽特》。这部小说让我如此着迷，以至返校后我扫荡了北大图书馆藏有的所有布尔加科夫作品。这还不够，《大师和玛格丽特》使我关注起那些未能获得应得尊崇的苏联作家，于是我又看了艾特玛托夫和巴别尔的几乎所有作品，又看了王蒙的《苏联祭》。巴别尔《骑兵军》中的那句“小时候，我受革马拉律法的束缚，过着贤哲的生活；长大了，开始爬树”成为我MSN的签名。可以说，《大师和玛格丽特》左右了我一个重要时期的阅读方向。

前天去书店买了人民文学出版社2004年版的这本书。周末在西宁，连续两晚读到凌晨三点，我又重读了这本书。翻译得没有作家出版社的版本好，但仍然具有让我读到深夜而不自知的力量。“从地中海袭来的黑暗笼罩了这座总督憎恶的城市。圣殿和威严可怖的安东尼塔楼之间的吊桥不见了。无底的漆黑从天而降，淹没了赛马场上空的双翼天使、遍布枪眼的哈斯莫尼宫、集市、板棚、小巷、池塘……伟大的耶路撒冷城骤然消失，仿佛它从未在这个世界上存在过……”这段彼拉多下令处死基督时的景物描写，也是小说中“大师”所写的关于彼拉多小说的开头。自从读了这一段，加西亚·马尔克斯《百年孤独》中，“多年之后，面对行刑队，奥雷良诺·布恩迪亚上校将会想起，父亲带他看冰山的那个遥远的下午”，就未必是我眼中20世纪最精彩的小说开头了。

前不久读了保罗·奥斯特的《神谕之夜》，不禁惊叹于这两部小说惊人的相似。我想《神谕之夜》应该是借鉴了《大师和玛格丽特》，都是小说套小说的结构，主人公在小说里写着自己的小说，而这部小说最终将决定主人公的命运。只不过奥斯特笔下的主人公最终回到现实，向不忠的妻子和虚伪的朋友妥协，而布尔加科夫笔下的主人公与这个肮脏的世界决不妥协，最终跟随魔王而去。作者借书中人物之口表达了对其时苏联社会尤其是文艺界的不满。基督说：“任何政权都是施加在百姓身上的暴力，迟早有一天什么政权都不会存在，无论是该撒的政权还是别人的政权。”卡罗维耶夫说：“作家完全不是由证件决定的，得看他是不是写作。”利未·马太痛骂神是“强盗的神，强盗的庇护者，强盗的灵魂”，他推崇果戈理和陀思妥耶夫斯基，说“陀思妥耶夫斯基是不死的”。苏联的高压政治下人们可以很无畏，可以出现布尔加科夫、巴别尔、帕斯捷尔纳克和他们的许多杰作；今天的我们在高度发达的消费主义社会中，却再也看不到大师和杰作。从这个意义上讲，资本主义、商业力量比高压政治、秘密警察对文化具有更强的破坏性。《神谕之夜》中主人公的妥协正表明：越是在发达的资本主义社会中，人们越不自由，越容易向现实妥协。

如果有一天，我像大师和玛格丽特那样，在尘世的躯壳忽然死去，请千万别为我悲伤。因为那很可能是因为我被魔王的使者阿扎泽勒请去了。同布尔加科夫一样，我也早已对这个从来不从历史中汲取任何教训的顽劣的世界十分厌倦，但愿我能在魔王的庇护下得到永世的安宁，恰似那占星王的儿子、残酷的第五任犹太总督——本丢•彼拉多。

日式病梅

2012-7-23

有一位同学在微博上说："最近几年看过的日本作家，东野圭吾、宫部美雪、京极夏彦、石田衣良、万城目学，固然个个惊才绝艳令人倾倒，但真正震撼我的心灵和情感，心中发出'要是我能写得这么好，真是无憾了'这种感慨的，只有远藤周作的《深河》和连城三纪彦的《恋文》。"阅读总是很私人的事情，能够让我发出"要是我能写得这么好，真是无憾了"这种感慨的日本作家也不在少数，但最新的一位，却是昭和时代首屈一指的才女冈本加奈子。

我一直对日本文化持有敬意，对明治、大正时代温婉的世风颇有好感。生活在明治至昭和时代的冈本加奈子本人，生于东京都的富豪之家，明治三十九年（1906年）起开始投稿创作短歌。丈夫为当时风靡一时的漫画家冈本一平。冈本加奈子曾因婚姻不谐、女儿早夭、母兄过世等接二连三的打击精神崩溃，自杀未遂。本就怜惜她的丈夫担心她寻短见，从此禁欲守护，还允许她的情人搬入同住，她从而长期过着奇特的“三人行”生活。加奈子于次子夭亡后开始研究佛教，成为顶尖的佛教学者，她的作品多处可见宗教的影响。1936年发表小说《病鹤》，正式问世于文坛，开启了小说创作之路，并在短短几年发表了大量佳作。我所读的《老妓抄》是加奈子的短篇小说集，包括《老妓抄》《寿司》《东海道五十三次》《家灵》《过年》《常春藤之门》《鲤鱼》《愚人与妻》《食魔》等九个短篇。其中，《东海道五十三次》《鲤鱼》和《食魔》三篇我以为最好。

对于冈本加奈子，国内文学评论界的研究还不多。看了几篇评论，包括印在原书扉页上文洁若的评价，都在强调她文笔的华丽绚烂，腰封上的简介则说她“阐述明治时代的色与恋”。明治时代结束于 1912 年，加奈子的小说处女作发表于1936年，其间24年的人生积淀是无法忽略过去的，显然她的小说并不囿于明治时代。我读完这九篇小说，不觉得加奈子的文笔如何华丽绚烂，相反，她写得极为素净典雅。书中所收录的九个短篇，与“色与恋”也没有什么关系。作为当时顶尖的佛教学者，加奈子始终在小说中述说着对人生的宗教式观照和理解，体现出一种日本式的禅意、畸恋和物哀。《鲤鱼》中，小和尚每天喂食河川里的鲤鱼，后来与自己救的女子有了情事，寺院的住持却说与小和尚在一起的是一条鲤鱼，这是他经常喂食鲤鱼获得的回报，于是小和尚顿悟，是一种禅意。《老妓抄》中，老艺伎无所求地资助不求上进的年轻技师，是一种畸恋。《东海道五十三次》中，一对平凡的小夫妻在东海道的五十三个小站间绵延许多年的往返，品味那早已“沁于泥土里、松树里以及所有的屋舍里”的寂寥，是一种物哀。川端康成说冈本加奈子是一个“高贵而丰润的美女”，声称在文学的世界里，像加奈子这样丰盛而深厚的女子几乎不会再出现，对加奈子的逝去，他说道：“我感到我身边的温暖都消失了。”不明就里的读者或许会认为这是川端康成的溢美，实际上是因为穿和服、写和歌的加奈子正是川端康成这一类“日本式”作家文学世界中女性审美的标准形象。难怪阅读加奈子的小说，会令人联想起川端康成的《雪国》和《伊豆的舞女》。

加奈子本人是个十分奢华放纵的人，她从小在富足的家境中长大，父兄十分疼爱她，成年后丈夫与堀切茂雄、恒松安夫、新田龟二等众多的情人又宠爱放任她，但我们必须把她的私生活与文学创作区别开来。人是极端复杂的生物，一个在外界看来纵情声色的人，写出的东西非但不一定是冶艳狎昵的，反而可能是极为素雅的。“世人对加奈子的特立独行的飞短流长几乎淹没了她旷世的才情，而了解加奈子的人却知道她是怎样一个内向，拘谨而不懂世故的天真如童女般的女人。”当然，长期不符合世俗伦理道德的生活方式使人们难免对加奈子提出批评，有人说她“就像端坐在菩提树下的一个狡猾而残忍的神，这个神没有性别，有一张令人厌恶的脸，但是她一开口说起笑话，发出笑声，就出现了一副令人怜爱的小女孩的姿态，纯真而美”。加奈子形容好友芥川龙之介为病鹤，其实她自己，倒是日本明治到昭和那个女性温柔贤淑才是美德的男权时代，一树肆意绽放女性冲动与生命意志的幸运的病梅。

四十九岁时，加奈子在神奈川的一个旅馆因脑出血病倒，身边有一位年轻男性陪伴，丈夫一平和情人新田很快赶到，共同在病榻前悉心照料直到她离开人世。

《老妓抄》的结尾处有这样一首和歌：

年々にわが悲しみは深くして

いよよ華やぐいのちなりけり

“衰老一年年加深了我的伤感，而我的生命却一天天更繁华璀璨。”

荒谬世界与反抗的人

2009-5-31

一篇短篇小说，一句一段，每一段都在起首标注着数字序号，全篇恰100句，完整地叙述了这样一个故事："我"拿着两把通厕用的皮搋子，攀登位于闹市的神秘的玻璃山。山顶有藏着圣物的纯金城堡。途中"我"忍受了山下人们的嘲笑，目睹了同行的骑士连人带马纷纷坠落殒命，战胜了守卫城堡的巨鹰，最后终于进到城堡，发现原来所谓的圣物是一位因中了魔咒而被困其中的美丽公主。"我"大失所望，把公主头朝下扔下了山崖。黑色幽默？解构主义？后现代主义文本？都是。但首先得承认，唐纳德·巴塞尔姆的《玻璃山》是一篇语言简洁、想象奇特、内涵深刻的优秀短篇小说。

一个后现代主义文本

让－弗朗索瓦·利奥塔尔在其《后现代状态》一书中对后现代的定义是：针对元叙事的怀疑态度。什么是元叙事？渗进融入人们日常语言、思维的种种象征、指代、情节定式都是元叙事。“科学除了在陈述有用常规和追求真理方面可以不受限制，它还不得不证明自己游戏规则的合法性。于是它便造出有关自身地位的合法性话语，即一种被叫作哲学的话语。”[1] 哲学是元叙事，传说、寓言、神话也都是元叙事。而拯救被困的美丽公主一类童话，以“Once upon a time, there was a…Thereafter they lived happily together”为结构特征，也是元叙事之一种。《玻璃山》通过故事场景的转移、主角形象的替换及其黑色幽默的荒诞结局，实现了对一个广为人知的童话故事的解构和颠覆。

---

[1] 让－弗朗索瓦·利奥塔尔．后现代状态[M]．北京：社会科学文献出版社，1999：3.

但仅仅有荒诞情节和颠覆意义并不足以被称为后现代主义文本。尽管学界对后现代主义的意义缺乏一种明确无误的共识，但以下一些特征被广泛接受为后现代主义的特有表达方式：反形式、反阐释、反叙述、不确定性、游戏、对比、无序、内在性等[1]。再看《玻璃山》，反传统的文字组织形式，荒诞的内容，无序的环境，现实世界的缺失，“我”与看客、骑士间的对比，整个文本与元叙事文本的对比……应当说，独特的表达方式将《玻璃山》定义为了一个典型的后现代主义文本。

象征意义

形式服务于内容。不管文本传达出何种主义的主张，体现了何种主义的风格，最终判定文本是不是文学作品，是不是好的文学作品的唯一标准仍旧是它的内容。我们引经据典来阐明《玻璃山》的后现代主义性质并不是为了给

[1] 伊·哈桑.后现代主义概念初探[M].北京：社会科学文献出版社，1999：124.

其贴上某种主义的标签，而是因为后现代主义的特征使得文本的内涵得到了很大程度的扩展。对同一个意象，不同的读者可以对其象征意义做出不同的理解，这正体现了后现代主义文本“参与”“交互”的特性。不同于古典现实主义作品，这类文本赋予读者以创造意义的自由。

首先，“玻璃山”象征什么？显然它的本体就是一座高耸入云的摩天大楼，但在小说中它在某种层面上象征着艺术、崇高，某种高于现实生活的形而上的追求。“我”正是被它所吸引，义无反顾地踏上了攀登之路。那么，“我”又是谁？“我”是一个不满于现实，有一定精神追求的知识分子，不能也不屑于融入现实社会，全文三次出现“I was new in the neighborhood”这样的表述，表明了“我”与现实的格格不入。“山”下即是现实世界，充斥着好事冷血的看客、麻木虚伪的人群、街头枪战的混混、五颜六色的狗屎、被砍伐殆尽的森林，总之，恐怖无比，丑陋至极。“我”于是只能硬着头皮登山。然而攀登的过程非常艰难，全文七次出现“I unstuck the lefthand/righthand plumber's friend”这句，“我”手持的工具竟然只能是通厕用的皮搋子，这个意象显示了现实社会中人们面对理想时的无可奈何、无能为力。越来越强大的传媒和社交网络通过源源不断的信息流，制造出大量的“虚假欲求”。消费不再是手段而成为目的，带给人们更多的是欲求的实现而非需要的满足。社会使人们把强制性的欲求当作自我的追求去不停地追逐，而社会分工惊人的精细化却又使人们脆弱无比，在社会这个巨兽面前毫无还手之力，离开它就难以生存。如果说社会是力大无穷牙如利刃的利维坦，我们就是手持两把皮搋子试图从它嘴里夺出理想的小矮人。

然而从更高的层面，我们又何尝不能把“玻璃山”理解为整个后现代、后工业社会的象征呢？在这个社会中，环境恶化，礼崩乐坏，普通人娱乐至死，有理想的人（骑士）或者纷纷倒毙，或者在追求理想的险途中上不去下不来，处境尴尬，滑稽可笑。这是一个人被异化了的社会。“我”的熟人们不但丝毫不理解“我”行为的意义，反而期盼着亲眼欣赏到“我”摔下来时血肉横飞的“壮景”，讨论“我”死后公寓的归属；摔下山的骑士们还在作将死的呻吟，身上的物什已被搜刮一空，甚至连包金的假牙都没被放过……

表面上摆脱这个异化社会的唯一出路就是攀登玻璃山，但小说的结局向我们昭示：没有什么事物能真正凌驾于社会之上，没有什么人能真正摆脱这个社会。当“我”历经艰险终于进到金堡时，发现自己为之舍生忘死的圣物竟是个美丽公主（俗物），理想、艺术、崇高，通通都躲不开世俗的侵袭和篡改，这就不难理解“我”为什么要愤怒地将这个人偶似的公主，这个又一元叙事的象征，毫不犹豫地扔下山崖。“我”不仅意识到了世界的荒谬，还进一步认识到“我”在这个荒谬世界中，终究无处可逃。

荒谬世界与反抗的人

小说展现给我们的现实世界没有目的，没有意义，毫不合理，令人绝望。人们行尸走肉般地遛狗、喝酒、争斗、破坏，显示出一种彻底绝望后的无聊。存在主义的先驱克尔凯郭尔指出，无聊实际上是绝望的一种显现，“是一切罪恶的根源”[1]。生活无聊的本质使人们怀疑生命的意义。

[1] 唐纳德·帕尔默.克尔凯郭尔入门[M].北京：东方出版社，1998：85.

另一位存在主义哲学家加缪于是说，生命本来就是没有意义的、荒谬的，整个世界不可理喻，我们在自然面前，社会面前全都无能为力。弗洛伊德进一步指出，我们在自己的意识面前依然无能为力。

非但山下的世界是荒谬的，就连玻璃山本身又何尝不是更深一层的荒谬呢？它是一种虚无的渴望，是“我”笃信的能够制约“我”行动的事物，“对存在的荒谬性的笃信就能够支配人的行为”[1]。然而这种信仰似的渴望必须是某种虚无的存在，一旦其被剥去神秘的面纱，显现出荒谬的本质，“我”立刻感到被理想和命运所捉弄，感到“演员与舞台之间的分离”。对于“我”来说，无论山顶的圣物最终以何种形式呈现，都不可避免地会引发“我”的荒谬感，因为“我”怀疑所有的“元事物”，因为“我”如同陀思妥耶夫斯基《群魔》中的史塔福金纳一样，如果“我”相信，“我”并不相信“我”相信；如果“我”不相信，“我”

[1] 加缪．西西弗的神话[M]．北京：生活·读书·新知三联书店，1998：7．

不相信“我”不相信——“我”怀疑一切的意义。这也是后现代主义的本质特征。

世界是荒谬的，“玻璃山”所象征的终极意义也是荒谬的，那么何以断定人间值得？换句话说，我们还继续生活在这个无聊、绝望、荒谬的世界的意义在哪里？人不能够没有意义地生活。加缪对这个问题的回答是：我反抗，所以我存在。是的，世界是荒谬而不可理喻的，我们注定会失败，但加缪告诉我们，反抗本身就是意义。“反抗就是人不断地自我面呈，它不是向往，而是无希望地存在着，这种反抗实际上不过是确信命运是一种彻底的惨败，而不是应与命运相随的屈从。”[1]《玻璃山》中“我”的形象正是一个加缪哲学中“反抗的人”的形象。“我”通过对现实世界的决绝转身，义无反顾地攀登“玻璃山”反抗了荒谬的现实，又通过对圣物的抛弃反抗了荒谬的终极意义。“我”在反抗中获得了自身存在的意义。从这个意义上来说，《玻璃山》可以看作对加缪荒诞哲学思想的一个极佳注解。

[1] 加缪．西西弗的神话[M]．北京：生活·读书·新知三联书店，1998：62.

孤独的艾米莉

2013-5-31

1847 年，清道光二十七年。国际上，两位伟大的发明家托马斯·爱迪生和亚历山大·贝尔在这一年诞生，共产主义者同盟在柏林成立。中国的这一年普普通通，神州还在满洲贵族封建专制的噩梦里昏睡。然而在世界文学史上，这一年的成就却异常丰硕。在英格兰约克郡一个名叫豪渥斯的小镇上，勃朗特家的三姐妹夏洛蒂、艾米莉和安妮在这一年先后出版了《简·爱》《呼啸山庄》和《阿格尼丝·格雷》。是怎样的成长和教育经历，能够让这三颗文学之星在同一年骤然升起，照耀人类的精神世界直到今天？读完《呼啸山庄》后，这个问题在我的脑海里萦绕不散，迫切想找到一本勃朗特姐妹的传记来读。

勃朗特姐妹的生活一定并不愉快。除母亲早逝、家境困窘、唯一的弟弟勃兰威尔酗酒吸毒这些已知的因素外，我想家庭成员之间也一定存在着不少的矛盾。她们家的成员或许全都具有非凡的天赋与火爆的脾气，敢爱敢恨，信仰宗教但渴望自由。几位才华横溢却又倍受压抑的年轻人一起相处，愉快的时光固然数不胜数，譬如夏洛蒂和勃兰威尔以想象的安格里阿王朝为中心来写小说，而艾米莉和安妮则创造了一个她们称为冈多尔的太平洋岛屿来杜撰故事，但思想之间的碰撞与摩擦肯定也不可避免，从《呼啸山庄》中“暴君”辛德雷的酗酒沉沦里我们能看到勃兰威尔去世前的样子。这部小说出版后并不为当时的读者所理解，甚至夏洛蒂也无法理解艾米莉的思想。

我对艾米莉·勃朗特尤其感兴趣。因为《简·爱》是一部半自传体的作品，里面处处有夏洛蒂·勃朗特自己的影子，但艾米莉一生只活了三十岁，既未受完整系统教育，也没有婚姻生活体验，我们完全不知道她笔下那复杂的文学和人性世界从何建构而来。弗吉尼亚·伍尔夫写道：“当夏洛蒂写作时，她以雄辩、光彩和热情说‘我爱’‘我恨’‘我受苦’。她的经验，虽然比较强烈，却是和我们自己的经验都在同一水平上。但是在《呼啸山庄》中没有‘我’，没有家庭女教师，没有东家。有爱，却不是男女之爱。艾米莉被某些比较普遍的观念所激励，促使她创作的冲动并不是她自己的受苦或她自身受损害。她朝着一个四分五裂的世界望去，而感到她本身有力量在一本书中把它拼凑起来。”从后世对艾米莉的生活描述看，她的物质世界贫乏但精神世界丰富。勃朗特一家离群索居，居住在荒凉偏僻的山区，周边只有一望无际的沼泽和旷野。姐妹们忙于自学、创作、办刊物、办学校，常常在旷野里散步。年轻的艾米莉过着这样的生活，内心却孕育出了与年纪和经历不相符的阴郁、深沉和愤怒。她唯一一部小说《呼啸山庄》的气氛是那样神秘、阴森和恐怖，她写的诗是那样悲伤：

我是唯一的人，
命中注定无人过问，
也无人流泪哀悼；
自从我生下来，

从未引起过一线忧虑，

一个快乐的微笑。

在秘密的欢乐，秘密的眼泪中，

这个变化多端的生活就这样滑过，

十八年后仍然无依无靠，

一如在我诞生那天同样的寂寞。

因此我断定，勃朗特姐妹尤其是艾米莉的生活可能并不愉快，除已知的因素外，家庭成长环境里一些未知的因素也一定给她留下了许多痛苦的记忆。

小学时流行红白机，母亲担心影响我的学习，就是不给我买。我只好去游戏机房，花五毛钱打一盘超级玛丽。游戏机房规定吃一个生命蘑菇要加一毛钱，我只好在路过生命蘑菇的地方把它顶出来，但又不去吃它，以免花光钱。后来过年、过生日都有长辈送我游戏机、学习机，到小学六年级时我有三台游戏机了——可惜那时我已经不喜欢打游戏了。《呼啸山庄》中主人公希刺克厉夫的悲剧其实就是这样，它是我们每个人都会经历的一种人生悲剧，即当你耗费时间和精力，处心积虑去实现某个目标，奋斗并且最终实现了的时候，你发现你已经对这个目标不感兴趣了。周星驰的《唐伯虎点秋香》也幽默地再现了这一点，在最后一幕中，唐伯虎费尽心思追求到的秋香，居然跟他之前的几位妻子一样要猜拳打麻将。希刺克厉夫用了一生的时间去报复，但当他大权在握，终于可以予取予求时，却忽然间意兴阑珊，无论对辛德雷和林惇的孩子们施加怎样的残忍报复，都换不来凯瑟琳的复活。复仇的快感像男女之事的快感一样，在刹那变得索然无味。怪只怪凯瑟琳的虚荣、懦弱和愚蠢，她居然想通过嫁给林惇来改善希刺克厉夫的境遇，虽然我们都知道那只是她的借口——从内心深处，她还是想过上庄园夫人的生活。这种爱情上的虚荣、懦弱和愚蠢同样毫无保留地遗传给了她的女儿。艾米莉对女性心理的描写精细入微，使我们能够亲眼看到对爱情一无所知的少女们是怎样在自己的愚蠢和偏见带领下，走上了充满痛苦的人生道路。相较而言，无论是凯瑟琳·恩萧还是凯瑟琳·林惇，都在婚后变得比之前勇敢了许多，也许作者是在告诉我们，女人只有在结婚后，才能真正理解自己的爱情和生活。

在写这篇读后感的过程中，我感到有时候我们周围的

“知识人”真的太少，当你想要真正了解某些东西的时候，譬如当我想详尽地了解艾米莉·勃朗特的生平时，却发现没有谁能告诉我更多。百度百科的词条编辑几乎全文抄袭了《呼啸山庄》的权威翻译者杨苡先生的译序。这篇译序而外，网上几乎再没有关于艾米莉生平的其他内容。

用艾米莉·勃朗特的一首诗束尾吧。

夜晚在我周围暗下来，
夜晚在我周围暗下来，
狂风冷冷地怒吼，
但有一个蛮横的符咒锁住我，
我不能，不能走。
巨大的树在弯身，
雪压满了它们的枝头；
暴风雪正在迅速降临，
然而我不能走。
我头上乌云密布，
我下面狂洋奔流；
任什么阴郁也不能使我移动，
我不要，也不能走。

她回来了

2010-7-18

一

“评论可以成为一种独立的表意实践。”在采访戴锦华老师时，她说。现在回想那次采访，显然我提问的部分都更浅薄和充满偏见。譬如我说，评论是二手的工作，有才华的人应该去搞创作。正是面对这样幼稚的诘难，戴锦华老师说：“如果我既可以成为一名一流的评论家，也可以成为一名九流的小说家，同等条件，为什么不选择前者呢？”评论可以成为一种独立的表意实践！不到四年时间，我已经彻底理解和接受了戴锦华老师的观点，热衷于写书评和影评，并且打算在未来的某一天，把书影斋里稍有可读性的作品，连同先前在不同网站写的一鳞半爪，以评论集的形式结集出版。

评论可以成为一种独立的表意实践。这听上去类似于斯蒂芬·茨威格《一个陌生女人的来信》的主题：我爱你，与你无关。是的，你的作品对我产生了某种影响，我将这种影响书写下来，姑且称之为“书评”。但其实，这书评里表达的，仅仅是属于我个人的思想，与原著作者无关，与我的读者也无关。我评论你的作品，但与你的作品无关，就是这样。

若非如此，怎么会有“一千个人眼中有一千个哈姆雷特”这种事情发生？

二

因此自然地，一千个人眼中，有一千个村上春树。

看自己以前读《世界尽头与冷酷仙境》《东京奇谭录》《1973年的弹子球》等作品时的读书笔记，再看2005年北京论坛时，自己利用茶歇时间采访林少华先生后写下的那篇名叫《一个情结的释放：听林少华谈村上春树》的幼稚报道，我大体上可以描画出此前自己眼中的村上春树笔下的世界。

这是一个高度资本主义化的孤独而冷漠的世界，这里什么都有，就是没有爱。于是引申出村上小说的母题：寻找。寻找灵魂的出口。但假使这个出口真的存在，主人公希望在出口尽头寻找到的，仍然是爱。当然这个出口基本上并不存在。主人公在寻找的过程中会被自己遗忘或关闭在某个独特的时空当中。因此在村上的小说中，经常出现若干个不同的时空。譬如世界尽头与冷酷仙境，两个时空；譬如《舞！舞！舞！》中“混乱到无以复加地步的”海豚宾馆，两个时空；甚至《挪威的森林》中的直子和绿子，也可以看作两个时空。这种作者一贯的表达方式，在《1Q84》中得到了延续。这部小说中同样存在着两个时空：现实中的 1984 年和主人公意识中混乱的 1Q84 年。这是我看到的，《1Q84》当中村上作品的一贯表现形式。

村上作品的另一个主题，就是我所谓的“新零余者”的形象。“零余者”的形象是批判现实主义文学中经常出现的经典形象，譬如普希金笔下的叶甫盖尼·奥涅金，莱蒙托夫笔下的“当代英雄”毕巧林，拜伦笔下的唐璜，郁达夫《沉沦》里的“他”。但是村上春树笔下的“零余者”生活在高度发达的资本主义时代，有着不同于以往文学世界中那些著名“零余者”的个性特点，我称之为“新零余者”。他一般具有某项专业技能，能够在高度发达的资本主义社会游刃有余地生存。独身，原因是未婚、离异或妻子不知所终。有良好的异性关系，不缺乏性伙伴。有一个，只有一个，好朋友，但无法常常联系。有自闭的倾向，对外部世界有很强的警惕。讲究生活质量和细节，在吃穿用度和艺术鉴赏中有自己的品位和标准。渴望爱，但基本上失去爱的能力，无法投入一份真正的感情当中。《1Q84》中的天吾，正是这样一个标准的村上式的“新零余者”形象。在村上过去的作品中，他们无一例外，是约莫30岁的男性。

小说中的女性形象，依然是我所谓的“机械女郎”。在为《1973年的弹子球》写的书评中，我提出了“机械女郎”的提法。我是这样写的：“机械女郎指村上作品中经常出现的，忽然进入又忽然抽离主人公生活的女性形象。某种意义上，村上的作品其实有很重的男权思想，女性经常是年轻貌美、头脑简单，甚至连名字都没有的形象。《1973年的弹子球》中的双胞胎208和209，《寻羊历险记》中拥有‘在所有方面都征服了我的’漂亮耳朵的应召女郎喜喜，《舞！舞！舞！》中海豚宾馆的服务员由美吉，《世界尽头与冷酷仙境》中胖图书馆员……这样的女性形象太多了，不一一列举。女性，在村上的作品中，大多是作为反衬男性主人公与现实疏离感的工具而存在的。在《1973年的弹子球》中，主人公不想念和挽留直子、事务所女助理、双胞胎女郎，却深深陷入对配电盘和弹子球机的思索和眷恋中。类似的情节，在之后的作品中多次出现。”在《1Q84》中，天吾同样有一个比他年长十岁的性伙伴，她没有名字，似乎也没有感情和思想，只是作为天吾解决生理需求的工具而存在。这种反复出现的男权主义思想让我厌倦。我们都知道，真实的世界并非如此，女性有她们自己的思想和对生活的理解。在现代社会，谁忽略了女性至关重要的作用，轻视了女性无可取代的地位，谁就无法正确地理解这个社会。尽管尼采、布莱希特等天才都希望女性只是没有思想的生殖工具，但尼采是个疯子，布莱希特也没正常到哪儿去，他们的错误观点，只是男权社会的晚钟。过多的“机械女郎”形象，一度让我对村上小说的兴趣大为降低。

小说中依旧存在着强大又虚幻的恶势力。在《寻羊历险记》和《舞！舞！舞！》中，是那只代表了日本军国主义传统和力量的羊；在《世界尽头与冷酷仙境》中，是“组织”和“夜鬼”；在《1Q84》中，则是代表了邪教势力的小小人。

从这些方面，应当说，《1Q84》仍然是一部“很村上很村上”的小说，没有问题。

三

与作者的多部作品相似，《1Q84》也采用了双线叙事，只不过这一回，另一条线的主人公，换成一位女性——青豆。

青豆不是机械女郎。她有思想，有主见，一旦认定正确，就立即采取行动。这样的女性形象是此前村上作品中不多见的。青豆也是一个“新零余者”，她孤独寂寞，缺乏安全感，失去了爱的能力，将肉体作为唯一的圣殿，同时却又渴望爱和友情。对大冢环的怀念使她迅速地接受了亚由美，尽管后者是个警察而她本人是个杀手；对天吾的寻找则更像是某种心理慰藉，借此来说服自己并没有失去爱的能力，而只是一边在放纵自己的肉体，一边在寻找十岁时爱上的天吾。

至此，我又总结出村上笔下人物形象的又一共同特性：爱无能。不管是童年的伤害，还是之前感情经历的伤痛，还是其他什么别的原因，总之村上笔下的男男女女，通通都失去了爱的能力。或许作者是通过这一设定来控诉高度发达的资本主义社会对人的异化，生存其中，就会失去爱的能力。

青豆的形象，我认为是《1Q84》最大的突破。尽管青豆身上还带着不少“机械女郎”的痕迹，但至少她成为主人公之一。她不再是男主人公的附属品，开始有了自己的思想，自己的行动。这种思想和行动，毋宁说是对男权社会的一种强有力的反抗。这一主题，在村上之前的作品中，几乎无从发现，但在《1Q84》中，则十分明显。《1Q84》揭露和批判的主要标靶，就是男权和邪教。

从这个意义上讲，青豆作为村上笔下一个全新的女性形象，与“机械女郎”形成鲜明对照，成功地将现实生活中真实的有血有肉的女性，带回了村上春树的文学世界。

她，回来了。

四

现在，让我来预测一下《1Q84》Book2 的情节。因为目前我们看到的，仅仅是 Book1，一切才刚刚开始。

作为小小人的两个受害者，深绘里和阿翼分别找到了天吾和青豆。为了揭开小小人的秘密，天吾和青豆终于殊途同归，在一个特殊的场合相遇了。来不及你侬我侬，他们立即投入与小小人的斗争中。“先驱”的“领袖”不过是类似《寻羊历险记》中的“先生”的角色。“先生”是“羊”的宿主，“领袖”也只是小小人的宿主。在斗争过程中，亚由美、戎野老师、小松和老夫人这四个配角将发挥重要作用。最终结果将是，天吾和青豆两个人中，至少有一个人与小小人同归于尽，我感觉应该是青豆。当然，也可能天吾和青豆两人自愿，或为了消灭小小人被迫停留在另外一个时空，即天上有两个月亮的 1Q84 年，成为异空间里孤独的情侣。如果青豆死了，我预测天吾最终会与深绘里发展出感情，一起生活。

当然，这一切不过是我的预测，是不是靠谱，只能等到 Book2 出版发行后，才能见分晓。

染指流年，再见终究不见

2010-10-18

一

“现在，让我来预测一下《1Q84》Book2中的情节。作为小小人的两个受害者，深绘里和阿翼分别找到了天吾和青豆。为了揭开小小人的秘密，天吾和青豆终于殊途同归，在一个特殊的场合相遇了。来不及你侬我侬，他们立即投入到与小小人的斗争中。‘先驱’和‘领袖’不过是类似《寻羊历险记》中的‘先生’的角色。‘先生’是‘羊’的宿主，‘领袖’也只是小小人的宿主。在斗争过程中，亚由美、戎野老师、小松和老夫人这四个配角将发挥重要作用。最终结果将是，天吾和青豆两个人中，至少有一个人与小小人同归于尽，我感觉应该是青豆。当然，也可能天吾和青豆两人自愿，或为了消灭小小人被迫停留在另外一个时空，即天上有两个月亮的1Q84年，成为异空间里孤独的情侣。如果青豆死了，我预测天吾最终会与深绘里发展出感情，一起生活。”

在《她回来了——读〈1Q84〉Book1》这篇读书笔记里，我对《1Q84》Book2 的情节做了如上的预测。读完 Book2，忍不住私下里对自己的文学鉴赏能力有些小小的得意。我的预测非常准确，除“亚由美、戎野老师、小松和老夫人这四个配角将发挥重要作用”这一句失准之外，《1Q84》Book2 的情节与我的预测完全吻合。深绘里找到了天吾，并且的确一起生活。天吾和青豆果然殊途同归，在高圆寺这个特殊的场合相遇了。“领袖”真的不过是小小人的宿主。最终，青豆为了保全天吾，牺牲了自己，而天吾，也真的和深绘里一起，被迫永久地停留在了 1Q84 年。

村上春树啊村上春树，你会不会想到：中国甘肃兰州的一名小公务员，在你的小说尚未出版时，就预测出了它的情节？

有时候，我觉得自己了解村上春树，胜过了解我那沉默寡言的父亲。

二

这部小说有点复杂。青豆与“领袖”的对话是整部小说的文眼，只有理解了这段对话，才能明白青豆的牺牲，才能明白空气蛹、1Q84年、猫城等一切。篇末，青豆又穿上“岛田顺子”西服、查尔斯·卓丹高跟鞋、连裤袜和加钢条的白色胸罩，到首都高速三号线寻找那个在Book1的第一章出现的避难阶梯。可惜那个避难阶梯已经不存在了，出口被封了起来。青豆于是绝望，她返回1984年的努力就此结束，终于相信“领袖”的每一句话都是真实的，于是从容地把那支赫克勒-科赫放进嘴巴里，扣动了扳机，这是整部小说的高潮。为爱牺牲了自己的青豆，使小说终于在强烈的悲剧氛围中落幕。想起一句话：“死是我们爱的盐。”

为了高速有效地推动情节，作者利落地处理了一些枝蔓人物，如天吾的那位大龄女朋友、亚由美、戎野老师、阿翼、小松等。处理的手法很简单，就是消失或死亡，归结为小小人对天吾（尚未成为Receiver之前）和青豆的警告。没有了这些起缓冲作用的人物，整部小说的情节推动比Book1迅猛得多。如果整部小说是一首交响乐，那么Book1是交代主题的慢板，而Book2则是把主题推向高潮的快板。从小说的角度看，Book2比Book1好看。

三

相较而言，青豆这个人物形象比天吾要立体和丰满得多。这个人物在Book2中的发展，没有辜负我“她回来了”的评价。青豆和天吾在高圆寺的相遇是整部小说最令人温暖而感慨的部分。村上用细腻的笔触，诠释了泰戈尔的诗句：“世界上最遥远的距离，不是我就站在你面前，你却不知道我爱你，而是爱到痴迷，却不能说我爱你。”

我在想一个问题：青豆深爱天吾，天吾深爱青豆。青豆可以为了天吾杀死自己，但为什么，在高圆寺她遇到了天吾，认出了天吾，却就是没有勇气走上前去相认，去表白？

世界上最遥远的距离，不是我就站在你面前，你却不知道我爱你，而是爱到痴迷，却不能说我爱你。

为什么不能说呢？较低层面的原因是怕被拒绝。更高层面的解释是，其实青豆爱的，从来都只是一个名叫天吾的幻影。她其实并不了解天吾，她说不出天吾穿多大的鞋，看谁写的书，她害怕相认后真实的天吾是一个与自己深爱多年的那个幻影截然不同的人。她其实深爱的不是天吾，而是那个深陷于对“天吾”的爱的自己。她爱的不是一个具体的人，而是被爱折磨的感觉。所以她最终没有和天吾相认，而是选择为那个自己从十岁起就深爱着的“天吾”牺牲自己。在青豆的认识里，她是为爱，为爱人而死的，这是她对爱情最高的付出，因此她死得很平静，很满足。

其实，青豆，你可明白，为一个人而死并不难，难的是一辈子忠贞地爱他，照顾他，和他一起笑，和他一起哭？

相爱容易相处难。青豆，你的牺牲，其实是一种自私的逃避。你把天吾，你最爱的人，孤独地留在了那个荒凉的 1Q84 年。

染指流年，再见终究不见。

四

“这是一个高度资本主义化的孤独而冷漠的世界，这里什么都有，就是没有爱。于是引申出村上小说的母题：寻找。寻找灵魂的出口，但假使这个出口真的存在，主人公希望在出口尽头寻找到的，仍然是爱。”在《她回来了——读〈1Q84〉Book1》这篇读书笔记里，我这样说。

第十二种孤独

2010-9-8

一

9月8日，农历八月初一，白露。仿佛只用了吸尽一支烟的工夫，这一天就到了。烟已熄，烟灰尚未弹落，青色的烟雾游魂般还在屋里袅袅地游荡，这一天就到了。往前推79天，6月21日，夏至。那天，我给自己制订了一份简单的阅读计划，即从夏至始，到白露终，写十篇书评，并为这个系列书评取名：苦夏书。我对夏天是这样嫌弃，以至我希望自己迷失在阅读中，等抬头一看，哎哟，已是白露节气，夏天结束，秋天开始了。夏天就像一位不受欢迎的客人，我把他一个人丢在客厅，自己去书房，我想等我从书房出来，我的客人已经识趣地离开了。

结局是，夏天的确悄无声息地离开了，仿佛一位备受冷落的不速之客，尴尬地笑笑，拎起他假冒名牌的公文包，那上面歪贴着一只银色的小鳄鱼，正讪讪地张着嘴。“那您先忙，我走了，改天等您有空再来拜访。”他说。夏天先生就这样走了，问题是，我的“苦夏书”计划再一次没有完成。这一篇是第四篇，也注定是这个系列的最后一篇。仿佛只用了吸尽一支烟的工夫，白露已到。

二

十二种孤独，都是局外人的孤独。换句话讲，十二种孤独都只属于一种人：局外人。唯一不同的是，前面的十一种孤独，属于那些被外界所排斥的局外人。新转学的小学生、妻子出轨的肺结核病人、出类拔萃但受同侪排挤的军官、替人捉刀每篇小说只挣五美元的作家、遭人羞辱的爵士钢琴手、即将结婚内心却茫然无措的新婚夫妇、把失败当作一种习惯和自我保护措施的曼哈顿白领……他们都想融入一个具体的环境和群体中，但是抱歉，对方不接受。他们越是挣扎着要进入，就越是感到孤独。

理查德•耶茨（Richard Yates），婚姻失败，酗酒抽烟，贫穷潦倒，至死都未能在《纽约客》上发表一篇小说，在1962年出版了他的处女短篇小说集《十一种孤独》。像瓦尔特·本雅明、弗兰茨·卡夫卡一样，他在小圈子里声誉卓著，被誉为“作家的作家”，但就是迟迟不能得到大众的注意和赞美。他被世人遗忘，直到他获得美国国家图书奖提名的长篇小说《革命之路》近年被萨姆·门德斯翻拍成电影，他才获得一些关注，他的作品才第一次有了中译本。在这部小说集的最后一篇《建筑工人》中，耶茨描写了一名失败作家孤独而惨淡的生活，或许我们可以将其看作耶茨的自况。

2005年，我从那家号称亚洲最大的中文图书馆借出来的第一本书，是詹姆斯·乔伊斯的《都柏林人》。那时的我为自己野心勃勃的“二年书汇”计划神魂颠倒，喜欢的书不光要读，还要读不同的译本。《都柏林人》我就读了两个译本，并在笔记里做了简单的比较。五年后，在读《十一种孤独》中《万事如意》和《一点也不痛》这两篇作品时，我的脑海里莫名其妙地浮现起了《都柏林人》中《伤心命案》的情节。在《十一种孤独》的《后记》里，我读到该书早就被誉为“纽约的《都柏林人》”——令人愉快的巧合。

2001 年，理查德·耶茨死后八年，《纽约客》发表了他的短篇小说《运河》。

三

第十二种孤独，属于那些被自己所排斥的局外人。

疏离感，就是致命的疏离感，使他们常常在众声喧哗、笑容满面，烈火烹油、鲜花着锦的场合感到孤独。他们也许并不失败，有温柔贤淑的爱人给买高级衬衫，有高瞻远瞩的领导帮助展望未来，有闪光的学历、光明的前程和一大堆第一的纪录，可是奇怪地，他们常常会感到一种虚幻的疏离感。这种人被世界所接纳，但被自己所排斥；受世界欢迎，却甘心被自己流放。

坦白讲，我对描写这种疏离感的文学作品已经有些厌倦了。为了表现这种由和现实的疏离而造成的孤独，作家们往往被迫把主人公描写成一个与现实格格不入的人，通常的写法是一觉醒来，妻子离家出走；一场事故，亲人全部遇难；一件伤心往事，从此终身不娶。保罗·奥斯特的《幻影书》正是这样。一场意外，妻子和两个孩子全部遇难，在极度痛苦中，主人公将自己沉溺于对一位不甚知名的默片导演兼演员的学术研究，结果却意外发现了一个传奇般的人生，并最终因为自己的发现遭遇了妻子之后的第二份真爱——尽管这份爱转瞬即逝，用主人公的话来说：吃了六顿饭，洗了一次澡，六杯龙舌兰酒，三个不同的晚上在三栋不同的房子里的三张不同的床上。

我并不是说《幻影书》是一部关于孤独的书，它不是。我是说，作者的这种创作方式，是当前一种流行的创作方式，它的核心，是我指称的第十二种孤独——塑造一个与现实疏离的主人公，所有的奇遇、历险、不幸和传奇，都源于主人公与现实世界的疏离。

四

这种风格的作品，我称之为炫技作品。

高中时，有位老师给我讲，詹姆斯·乔伊斯在《芬尼根守灵夜》中写了一个人在梦里做梦的情景，他的《尤利西斯》最后四十多页没有一个标点，这就叫作意识流。假如乔伊斯祖师爷看到保罗·奥斯特的作品，他会怎么评价呢？炫技作品。我想，他会说。

类似的作品还有村上春树的《世界尽头与冷酷仙境》，乃至最新的《1Q84》。村上春树、保罗·奥斯特，这都是目下流行畅销的作家。可我已经对他们感到厌倦了，确切地说，对他们的炫技作品感到厌倦了。塑造真实的小人物，描写平常人的生活，就不能流行和畅销吗？《十一种孤独》的后记中，译者写道：“耶茨行文简朴直白，但直指人心，他笔下都是普通人的平凡生活，写的是普通人的孤独、失落和绝望。他不玩弄所谓超小说的写作技巧，坚持对现实生活的描写，即使那些他抱着最大热情写就的小说亦是如此。”

同时阅读，同一天读完，与保罗·奥斯特的《幻影书》相比，我更喜欢理查德·耶茨的《十一种孤独》。

今天是2010年9月8日，我的白露，已经到来。

守望者之死

2010-1-30

是这样的。2001 年暑假，我和母亲大吵一架，然后就负气一直不和她讲话。当然那时我在上海，也没法儿面对面讲话。我指的是，一直不给她打电话，也不写信。我以为自己坚持不了多长时间，但事实是，我竟然一直坚持到了 2002 年暑假——我整整一年没有和母亲说一句话。

我从小就是个气性很大的孩子。所以长大后，我常常跟自己说，不要生气，不要生气。

因为赌气，那年寒假我没有回家，而是去苏州找同学玩去了。我一共有两次没有在家过春节的经历，那是第一次。

我的同学在苏州铁道师范学院读中文，那学校后来改名叫苏州科技大学。后来他在上海市郊的一所镇中学做语文老师，然后入赘了一户当地人家——甘肃人变上海人了，过得挺好。

镜头还是切换到那年放寒假的时候吧。那天我开心得要死，因为英语精读及格了。你知道我大一的时候，英语成绩实在不怎么样。甘肃小县城的高中英文教育拿到上海外国语大学，在我那些华师大二附中、市三女中毕业的同学面前，根本不值一提。精读老师付虹的 Dictation 简直是我大一上学期的噩梦。她一说“Now Dictation.”我就恨不能把耳朵塞到录音机里边去。我真在英语学习上下过苦功夫，占 6 个学分的精读成绩稳步提高，最高考到全班第三名，泛读、听力、翻译什么的也跟着水涨船高，奖学金从单项奖、三等奖、二等奖最终拿到一等奖。所以后来即使在北大，我也没遇到过词汇量比我更大的同学——或许也有很多同学的词汇量比我的大，我不知道吧。

这是后来的事情，上大二后，我操心的是拿更高等级的奖学金，不再为精读、听力过不过得了担忧了。但那是在大一第一学期，得知期末考试精读及格了，我喜出望外，觉得自己毕竟还是个攒劲小伙儿，于是耳机里用最大音量放着孙燕姿的《绿光》，跳上大巴就去苏州找同学过年了。

随行带了一本书：J.D. 塞林格，《麦田里的守望者》，译林出版社，1998 年，第一版。

今天看到新闻，塞林格去世了。然后在新浪体育看到陆川导演的博文《纪念塞林格》，原文写得简短平易，却被新浪推荐时改为《陆川：我最热爱的作家塞林格走了》。其实像塞林格这样的作家，我们很难真正热爱起来，因为作品太少，属于“孤篇横绝，竟成大家”一类。说自己最喜欢的作家是塞林格，有点像说自己在世界杯上最喜欢的球队是洪都拉斯队。人家会感到讶异：咦，为什么？所以陆川的标题不会这么起，新浪的编辑就不同了。马未都先生在博客上也写了一篇《塞林格》，应景之作，平淡得很。

有段时间，我对所有被冠以“青年人的圣经”美誉的书都倍感兴趣，我所知道的这些书包括：

村上春树《挪威的森林》、塞林格《麦田里的守望者》、迈克尔·考利《流放者归来》、莫里斯·迪克斯坦《伊甸园之门》、亨利·米勒《北回归线》、王朔《动物凶猛》、王小波《时代三部曲》、米兰·昆德拉《生命中不能承受之轻》、J. J. 凯鲁亚克《在路上》、厄内斯特·海明威《流动的圣节》。

于是在苏州那位同学的小出租屋里，在廉价白酒和苏州铁道师范学院泔水味儿十足的食堂饭菜陪伴下，我读完了那本《麦田里的守望者》。开学后，随着学习成绩节节提高，学习目标日益明确，对哲学、法学和文学的学习兴趣更加浓厚，向北大发起第二次冲锋的念头不断砥砺，我的心情也变得开朗起来。松江连绵的梅雨似乎也别有风味，精读课也从付虹时代步入何楚时代了。

我的叛逆情绪似乎从那以后就蛰伏了，直到 2005 年，才又开始留长发，第二次没回家过春节。然后到了 2006 年，我就理了圆寸头，乖乖到兰州市委宣传部实习，从此我就再也没有叛逆过了。我终于明白，无论外面的世界多么精彩，过年时你最好回家。橡树湾的那句广告真好："你可以走出校园，但你总要回家。"是的，你可以叛逆，但你总要回家；你可以叛逆，但你总要成家。

戴锦华老师在《镜与世俗神话》的后记里写道："彼时，我年及而立，初为人妇，在'有整个世界的快乐'中，看淡了窗外的林林总总，相信不论天下如何，总有一个角落，容得下一对平凡的小夫妻。"

你可以拥抱和挥霍自己无限漫长的青春，但不管你是否愿意，你总得为她画上一个句号。在爱情的麦田里，我们都曾经痴痴守望。守望的人会累，守望的人会老，守望的人会死。左手边是过目不忘的萤火，右手里是十年一个漫长的打坐。每一个流放者都会在某一天，背起行囊，踏上回家的路，滥情何苦？

那些每本都细细读过并做过笔记的"青年人的圣经"，我现在大约都记不得它们讲了怎样的故事。那些过去在上海、北京的记忆，我愿意让它们都变得模糊。

现在，我不愿再和母亲吵架。

冬日的暖阳从30楼的落地窗中洒进来的时候，我想穿着宽松的厚毛衣，陷进自己挑选的沙发里，静静地读一本书。

我于是决定结婚。

从此无论什么纠结寻来，我只伸出我的左手，无名指上，有戒。

别了，麦田里的守望者。

Farewell, The Catcher in the Rye.

论瓦尔特·本雅明

2006-3-1

一

可以把瓦尔特·本雅明看作一个生前寂寂无闻，死后声名显赫的地下导演。这位导演一生的抱负在于拍出自己的主题为“现代性”的电影作品序列。他惯用的并引以为豪的拍摄手法叫作“文学蒙太奇”。他选用过的“男主角”当然不止一位，最钟爱的要数波德莱尔和布莱希特，他们二位参演的“影片”在本雅明的作品序列中占据着极其重要的地位。

二

每一位艺术家都具有一个属于自己的创作母题。如果说英格玛·伯格曼的母题是信仰和救赎，王家卫的母题是记忆、逃避、拒绝和沟通的不可能实现，那么本雅明文化研究的母题就是现代性。他将现代性界定为“由来已久的存在背景中的新奇”，是“世界籍着幻象的统治”[1]，而他为自己规定的创作任务就是展示这些同属现代性母题下的，换句话说，由现代性而引发的“新奇”和“幻象”。1935 年，在《巴黎，19 世纪的都城》一文中，本雅明通报了他整个“拱廊街计划”的研究构架，以列举各种辩证意象及其时与之并列对峙的人物方式，勾勒了若干有限的主题：拱廊街与傅立叶、西洋景与达盖尔、世界博览会与格朗达维埃、居室文化与路易·菲利普、巴黎街道与波德莱尔、街垒与豪斯曼。从 1926 年至 1940 年自杀，本雅明一直没有停止过“拱廊街计划”的材料收集和笔记积累工

[1] 戴维·弗里斯比．现代性的碎片——齐美尔、克拉考尔和本雅明作品中的现代性理论 [M]. 北京：商务印书馆，2003：259.

作。他的整个研究受一个十分明确的意图激励，即发展出一种现代性理论。可惜的是在他生前，唯一获得出版的有关“拱廊街计划”的作品是《论波德莱尔的几个主题》，后者是在《波德莱尔笔下的第二帝国的巴黎》一文遭到阿多诺的尖锐批评后改写的。为了论文能够最终在法兰克福学派的《社会研究杂志》上发表，也为了回应阿多诺的批评，本雅明又写了《巴黎，19世纪的都城》一文，作为一份研究通报提交给了社会研究所。由于这三篇文章都是完成稿，主题相对集中，且本雅明生前也有将这些有关波德莱尔的部分先单独出版的打算，后人就将这三篇文章集在一起，出版了《查尔斯·波德莱尔：发达资本主义时代的抒情诗人》一书，此命名来自1938年4月本雅明致友人霍克海姆的一封信。据此，本雅明生前并没有出版过一本名叫《查尔斯·波德莱尔：发达资本主义时代的抒情诗人》的书，有学者在这点上犯过错误[1]。因此，我们无法脱离整个“拱廊街计划”而单独谈论《查尔斯·波德莱尔：发达资本主义时代的抒情诗人》一书的主题，波德莱尔和第二帝国治下的巴黎只是导演本雅明作品序列中的一位主演和一处重要场景，它们的完整意义只有在与其他演员和场景的相互参照中才能被完全揭示出来，并获得相互补充、互为情境的互文功能。

三

查尔斯·波德莱尔，法国象征派诗歌的先驱，现代派诗歌的鼻祖，一个二十一岁即继承父亲巨额遗产、挥霍无度的巴黎街头花花公子，一个瘾君子，梅毒患者，参加过街垒战斗的民主主义者，两度试图自杀的法兰西学士院院

[1] 陆扬．论美学现代性—关于波德莱尔、本雅明和西美尔的联想[J]. 中国美学第1辑．北京：商务印书馆．2004. 文中称：“本雅明本人不但出版了专著《波德莱尔：发达资本主义时代的抒情诗人》，还撰有《论波德莱尔的若干主题》《波德莱尔与十九世纪的巴黎》等多种文章，差不多将波德莱尔视为先知一类人物”，有误。

士候选人，青年艺术家的精神领袖。他的美学思想和文艺创作理论（如应和论和想象论）都对后世产生了巨大而久远的影响。本雅明选择波德莱尔作为其“拱廊街计划”的重要组成部分，是由于波氏本身是历史上第一个对现代性做了理论思考的、人生经历中充满了本雅明所认定的现代性带来的种种乖离的、亲身展演了现代性悲剧的人物典型。事实上，本雅明之现代性概念即继承自波德莱尔的定义。其次，波德莱尔是一位“创作伊始就具备了一套明确完整理论的作家”[1]，他的文艺理论和创作实践很大程度上为本雅明试图发展出的现代性理论提供了最初的一些理论话语和研究对象（比如“惊颤体验”“闲逛者”等）。

在对本雅明现代性母题的思考过程中，我认识到了一个重要的区分。这个区分来自这样一个事实，即在西方的知识谱系中，缺乏“近代”的概念。什么是现代？一般而言，资本主义时代的开启即意味着现代大幕的升起。与现代社

[1] 波德莱尔.1846年的沙龙——波德莱尔美学论文选[C].桂林：广西师范大学出版社，2002：2.

会、现代经验相联系的是世俗社会，而与之对立的则是天主教神权统治的中世纪。正是在与神权的抗争中诞生了现代国家、主权、公民社会等一些基本的现代概念。在政治学领域，现代政治思想的源头被归结到马基雅弗利，“通过马基雅弗利对现代性体验所做的解释……（我们）更加清晰地看到了现代性的基本面貌”[1]。在该领域中排除神权的干预，而将该领域独立为一个可以研究可以经营的技术领域，就政治学而言，将宗教特定的善（高级善）和目的排除在国家的领域之外，则该领域即步入了现代。“当代学界对于西方社会‘现代’时段的起始，大致存在两种看法：一种看法认为现代时期开始于 15 世纪前后的文艺复兴，这个时期成为基督教的中世纪向资本主义的工商业文明迈进的一个显著的转折；另一种看法认为现代时期始于 18 世纪的启蒙运动，这一时期由英国率先发起的工业

[1] 皮埃尔·莫内．自由主义思想文化史 [M]．长春：吉林人民出版社，2004：14.

革命揭开了人类技术化生存和理性化发展的序幕。”[1]然而，这一可以追溯到文艺复兴时期的可作为“资本主义”同义语的“现代性”概念并不是波德莱尔、本雅明乃至齐美尔、法兰克福学派、卡林内斯库等视阈中的现代性。后者是“先锋派产生的现代性，自其浪漫派的开端即倾向激进的反资产阶级态度。它厌恶中产阶级的价值标准，并通过极其多样的手段来表达这种厌恶，从反叛、无政府、天启主义直到自我流放。因此，较之它的那些积极抱负（它们往往各不相同），更能表明文化现代性的是它对资产阶级现代性的公开拒斥，以及它强烈的否定激情”[2]，这后一种现代性被称为审美现代性（或美学现代性）。本雅明“拱廊街计划”的母题，是审美现代性。

波德莱尔对审美现代性的经典定义几乎为后世所有的研究者引用和评论。在论贡斯当丹·居伊的小册子《现代

[1] 陈瑞红.审美现代性：一种概念性探讨[J].南京农业大学学报(社会科学版)，2005(3).

[2] 陆扬.论美学现代性—关于波德莱尔、本雅明和西美尔的联想[J].中国美学第1辑.北京：商务印书馆，2004.

生活的画家》中波德莱尔写道："现代性就是过渡、短暂、偶然，就是艺术的一半，另一半是永恒和不变。"在波德莱尔 1821 年—1867 年的生命跨度中，法国社会经历了一个迅速的资本主义工业化过程，国内政治局势趋于稳定，拿破仑战争（1799 年—1815 年）的创伤逐步恢复，工业革命得到较快发展。到 19 世纪 60 年代，工业革命基本完成，其工业产值占世界第二位，殖民地面积由 1830 年的 2 万平方英里增至 1860 年的 20 万平方英里。世界资本主义市场和资本主义体系初步形成。其间，统治法国的有复辟的波旁王朝（1814 年—1830 年）、七月王朝（1830 年—1848 年）、第二共和国（1848 年—1852 年）、第二帝国（1852 年—1870 年）。激进迅猛的资本主义发展伴随着社会贫富差距的扩大和阶级矛盾的日益尖锐。无产者数量大量增加，社会形态日新月异，资本主义工商业极大地改变着城市的面貌，这些在作为"19 世纪的都城"巴黎比在世界上任何其他地方都更加明显和刺眼。例如 19 世纪初，出现在巴黎市内林荫大道之间的步行购物通道：拱廊街（类似于今天的商业步行街），就引起了敏感的思想者们极大的感喟。波德莱尔作为巴黎的“城市诗人”，其主要的创作对象就是令人眼花缭乱、既是天堂也是地狱的世界都城巴黎。1861年再版的《恶之花》分为六部分，其中第二部分就叫《巴黎风光》，其中有著名的诗篇《天鹅》《给一位交臂而过的妇女》《小老太婆》等。在《天鹅》中，波德莱尔写道：“巴黎在变 / 可是，在我忧郁的心里 / 却毫无变动！脚手架、石块、新的王宫 / 古老的市郊，一切对我都成为寓意 / 我的亲切的回忆比岩石还要沉重。”在《巴黎之梦》中，作者这样描写巴黎：“有阶梯、拱廊的通天塔 / 乃是一座无边的宫殿 / 泉水和瀑布纷纷落下 / 落到明暗的金盘里面。”可以这样说，波德莱尔捕捉社会急剧变动出现的新意象，认为这些意象的“美”稍纵即逝、变幻不定，并将这种“美”称之为“现代性”，而在距此80多年后，本雅明将波德莱尔的诗歌、理论连同他本人“浪荡游民”“闲逛者”的形象一起，作为自己“拱廊街计划”意欲发展出的现代性理论的组成部分予以展示和剖析。从本雅明对现代性的定义（新奇、幻象），我们可以清楚地看到他之于波德莱尔的继承关系。无怪乎“本雅明有关波德莱尔研究的概念‘集中在《拱廊街》的最基本特色里’，确实存在一个将《波德莱尔》发展成为一部微型《巴黎拱廊街》的倾向”[1]。我对这句引文的解释是：关于波德莱尔的研究能够反映出本雅明整个拱廊街研究计划的全貌。

四

刘北城先生在其《本雅明思想肖像》一书中指出：“死后声誉通常是继续了同时代人的最高承认。1924 年卡夫卡去世时，他已出版的作品还没售出 200 本，他的长篇小说还没有出版，但是他的文学朋友和少数几乎是偶尔看到他的短篇散文的读者就已经确信，他是当代大师之一。本雅明早就获得了这种承认，如他青年时代的好友朔勒姆和他第一个和唯一的崇拜者阿多诺。”比本雅明年轻十来岁的阿多诺一生只为一个人编辑出版过文集，那个人就是本雅明。正如王才勇先生所指出的，本雅明在身后被广泛认可

[1] 戴维·弗里斯比．现代性的碎片——齐美尔、克拉考尔和本雅明作品中的现代性理论[M]. 北京：商务印书馆，2003：272.

并继而赢得世界性声誉，与阿多诺对他的发现和赞赏是分不开的。因此，从阿多诺对本雅明的相关评述中我们可以更深入地了解本雅明的整个创作意图和理念。

阿多诺认为本雅明的意图是：“放弃所有表层的建构，留下它的重要部分，仅仅去呈现物质类似震惊的蒙太奇。哲学不仅仅求助于超现实主义，而且其本身亦将成为超现实主义的……为了完成他的反主观主义，主要的研究仅仅由一些引述搭成……这些支离破碎的哲学存留下一个碎片，或许一个方法的殉难者，至于它是否可能被收编进任何思想媒介乃悬而未决。”本雅明把自己的这种创作方法和创作理念形象地称为文学蒙太奇：“这种研究方法：文学蒙太奇。我无法去说，只是去展示。我不会采纳任何智者的精当阐释，不猎取任何视作珍宝的东西。只是碎片、垃圾：我不会描述，而是展示它们。”[1] 或许正是基于对本雅明此种创作理念的认识，刘北城先生认定：“本雅

[1] 戴维·弗里斯比．现代性的碎片——齐美尔、克拉考尔和本雅明作品中的现代性理论 [M]. 北京：商务印书馆，2003：254.

明的最大雄心是创作一部完全由引文构成的著作。”

可以从两个核心概念出发来理解本雅明有关波德莱尔的文章，它们一个是“记忆”，另一个是“展示”。

“拱廊街计划”的根本目的是通过展示现实生活的细节和艺术经验描述现代人特有的心理机制和精神体验。因之，这种心理机制和精神体验在本雅明看来，属于19世纪末以来生命哲学强调的“真正的经验，这种经验与文明大众在其标准化、非自然化的生活中所获得的经验是不同的”，也许“惟有诗人才是胜任这种经验的主体”。因此本雅明在《论波德莱尔的几个主题》一开始就讨论了伯格森和普鲁斯特。在本雅明看来，现代人的经验结构发生了改变，这是抒情诗不再能被广泛地接受、艺术品“灵韵”消失，摄影和电影艺术广泛兴起等一系列现象的根本原因。他认为经验的丧失或曰改变是引起现代人在人群中频繁“惊颤”的原因。那么，经验是如何丧失的呢？我这样理解：在本雅明看来，“经验的确是一种传统的东西，在集体和私人生活中都是这样。与其说它来自回想过程中被明确捕捉到的东西，不如说来自积淀在记忆中那些往往未被意识到的材料”，即普鲁斯特所谓的“非意愿性记忆”。普鲁斯特认为我们根本无法凭借意愿性记忆到达过去，因为意愿性记忆“所提供的有关过去的信息里不包含任何一点过去的东西”，而过去驻足于“理智及其作用范围之外的某个随意物体中……至于在哪个物体中我们不得而知。我们是否能在有生之年碰到它，这完全是一种偶然”[1]。对普鲁斯特来说，他的过去即驻足在那块玛德莱娜小点心里，后者勾起了他的非意愿性记忆，从而有了《追忆逝水年华》。既然“经验”在本雅明这里被特指为“非意愿性记忆”，是“尚未有意识的、清晰地‘经历’过的东西……尚未作为‘体验’被主体感受到的东西”，是需要诗性和机遇才能被意识到的，那么寻常大众的“经验”又是什么呢？本雅明说，那叫“经历”。在《说故事者》一文中，本雅明提出：现在不再被经验，而只是被经历。“经验是前工业社会的特征，在经

[1] 瓦尔特·本雅明.发达资本主义时代的抒情诗人[M].南京：江苏人民出版社，2005：111.

验中，现在的活动是按照从过去流传下来的技艺和传统去理解的，当对过去和现在采取整合观点的时候，经验才会产生，而经历则是我们现时代社会的特征，它是经验丧失的产物，在现代工业社会中，活动不能利用由过去活动所建立的知识与技艺的贮藏，而只是前无过去的一切从眼下的现在开始。”[1]作为20世纪上半叶的经历者和见证人，本雅明亲身体验了许多源于19世纪的新发明、新创造、新变革对整个人类社会组织、群体和个体心理、艺术审美经验等多方面的改变和颠覆，所谓“前无过去的一切”即指那些没有历史的新的艺术形式和社会呈现，比如电影，比如拱廊街。

因此，本雅明要构建现代性理论，就不得不从现代人庞杂的日常“经历”中遴选并展示出类似普鲁斯特的玛德莱娜小点心一样的事物，以之来勾起现代人自己尚未意识到的“经验”，于是遴选和展示这些意象的工作就成了“拱

[1] 瓦尔特·本雅明．机械复制时代的艺术作品[M]．北京：中国城市出版社，2002：169.

廊街计划”这部大片的重头戏。蒙太奇是把一个个镜头合乎逻辑地、有节奏地连接起来从而获得新的意义的电影结构手段。本雅明使用这个比喻来形容自己的创作手法是非常准确的。不管是把它叫作“文学蒙太奇”，还是“现代性的史前史”，还是“巴黎地形学”，还是“超现实主义”，总而言之，本雅明的创作就是按上述逻辑演绎的。事实上，这种创作方法并不仅仅应用于“拱廊街计划”，而是贯穿了本雅明整个创作生涯。在《机械复制时代的艺术作品》这部拱廊街研究计划的姐妹篇中，本雅明通过展示电影、摄影、达达主义艺术等新“经历”，表达了机械复制时代艺术品“灵韵”消失，展示价值超越膜拜价值的观点；在早期《德国悲剧的起源》一书中，本雅明仍然试图围绕悲剧的概念来考察 17 世纪的德国，正如有关波德莱尔的作品是试图围绕工业社会的新“经历”来考察 19 世纪的法国一样。

五

这种创作方法，使我对本雅明一直有这样一种挥之不去的怀疑：他所要揭示的现代性究竟有多大的普适性？这里存在着一个悖论：本来本雅明是出于反主观主义而决定采取这种客观意象展示的方法，但是由于这些意象的选择几乎没有什么共同的标准，完全是作者主观选择的产物，由是这种“蒙太奇”剪接出来的可能是一种更主观的呈现。在新闻学领域，有关新闻真实性问题，有“细节真实”和“总体真实”的区分。几则细节上完全真实的新闻报道可能在总体上构成新闻的不真实。同理，尽管本雅明的“展示品”可能，甚至的确是完全真实的，但将它们全部剪辑在一起，是否就能代表某种现代性？如果能够的话，这种代表性究竟有多大？我们尽可以说，归根到底，这些都是本雅明自己的现代性体验。用阿多诺的批评来说，本雅明的创作“不过是一部超现实主义的拼贴碎片的集锦”。

本雅明对整个现代艺术、现代社会持有一种明显的批判态度，这种批判，在今天看来，有些应该说是有失公允的。时代的变迁向立足于感性经验之上的本雅明现代性理论提出了质疑。今天看来，本雅明津津乐道的 19 世纪穿行于都市人群中的“惊颤”体验听上去仿佛乡下人谈论初次进城的感受，尽管在他所生活的那个激进资本主义时代，敏感的思想者们都经历过这样的惊颤。无论是年轻的恩格斯在伦敦街头还是暮年的黑格尔在巴黎街头，他们关于这种惊颤的表述是非常相似的。王才勇先生显然也清楚地认识到了这一点，他指出“本雅明的意义主要在于……他很早就捕捉到了生活中那些对现代感知和生活方式的出现具有重要意义的事件和细节，这些事件和细节在出现伊始对当时人来说尽管是新颖的，但随着社会的飞速发展很快被同化到了新成型的感知和生活方式，因而它们很快便退出了意识的兴奋层面，成了新生活方式中司空见惯的日常事实”[1]。

六

处在一个激烈变革的时代，生就一颗敏感纤细的心，本雅明很自然地用自己的方式将时代巨大变迁的种种细节

[1] 瓦尔特·本雅明.机械复制时代的艺术作品[M].北京：中国城市出版社，2002：146.

记录了下来。作为一个孤独的马克思主义者，一个坚持用自己的理解来建构一种历史的思想者，他同样脱离不了历史的局限，同样是一个有待解构的宏大结构。歌德说："任何具有巨大效果的事物其实已不再能对之做出判断。"本雅明称赞这句话是"智慧之最终结论"。现代性、美、时代、艺术、资本主义、马克思主义……无一不是"具有巨大效果的事物"，因此，包括本雅明也无法"对之做出判断"，所能做的只能是一种个人主观经验的描述。从这个意义上讲，能为后世提供一些概念和话题，对于一个思想者来说，已然足够。今天，在阅读本雅明的作品时，仍然不时有一些真知灼见从书页中跳出来，例如"（现代的）客厅是世界剧院中的一个包厢""使节日变得伟大而重要的是同以往生活的相逢""每个现代人都具有被拍成电影的要求"，很多这样的句子令人深感阅读本雅明的愉悦。波德莱尔有句诗："我是间旧日的闺房，充满凋谢的玫瑰。"是的，本雅明的体系一如一间旧日的闺房，房内凋谢了一地的玫瑰，但玫瑰的香气仍然挥之不去，氤氲不已。有人说"接受玫瑰，接受玫瑰的每一根刺"，也有人说"手可以采玫瑰，但采不来玫瑰的香气”，我想对于思想的玫瑰，我们多半还是应该避开芒刺，争取采着些香气才好——只要我们不惧怕陷落，也不奢望太多。

计划者之问

2012-10-29

兰州大学本部地处市中心繁华地段，周遭林立着兰州饭店、宁卧庄宾馆及飞天、鑫海等酒店，都是家境还不错的人家举办婚宴的地方，所以每到周末上午十点过后，震耳欲聋的鞭炮声一定会从某个方向传入教室，迫使正在上课的王维平老师暂停一小会儿。

一个酒国的饮者，能够端着一杯普通的葡萄酒向你细致入微地描述味蕾依次捕捉到酒中阳光、泥土、橡木香气时的感觉。听着他的描述你就已经醉了，于是你迫不及待地要端起酒杯，亲自品尝一下他所描述的味道。一个好的老师也是这样，他必须具备一种能力，能够从经典著作看似简单平常的段落中解读出大师思想的来龙去脉，让你急不可耐地想要找到原著，自己品读一下字里行间的美妙之处。王维平就是这样一位老师，他其实只解读了恩格斯《英国工人阶级状况》的一小段，却使我对弗里德里希·恩格斯产生了浓厚的兴趣，不仅读完了《英国工人阶级状况》《社会主义从空想到科学的发展》《布鲁诺·鲍威尔和原始基督教》，还准备加紧读完《路德维希·费尔巴哈与德国古典哲学的终结》《反杜林论》和《家庭、私有制和国家的起源》。王老师面对着我们十四个年龄参差不齐、学科背景各异的学生绘声绘色地讲恩格斯《英国工人阶级状况》第二章《大城市》时，我恍惚间想起了亲爱的瓦尔特·本雅明。二十四岁的恩格斯笔下的伦敦，多么像后来本雅明描述的 19 世纪的首都巴黎！二者共同存在一种我称之为“现代性惊奇”的东西。在这种惊奇的背后，恩格斯发现的是资本主义上升时期残酷赤裸的剥削，本雅明呢喃着发达资本主义时代意识形态的碎片。他们两人都信奉着同一位弥赛亚——卡尔·马克思。

来说说恩格斯的《社会主义从空想到科学的发展》吧。

起自康德，终于黑格尔的德国古典哲学，是马克思主义的三大思想来源之一，而德国古典哲学受到了笛卡尔—斯宾诺莎—莱布尼茨大陆唯理论的显著影响。这种影响仿佛一种遗传基因被带到了后来的马克思主义中。最显著的特征就是对人类理性的崇拜——这其实是启蒙运动以来大陆哲学思想的主流，虽然其间有卢梭—叔本华—尼采对此主流的反动。这种理性崇拜到了马克思主义构建自身理论体系的时候，就体现为一个虽然缺席但一直在场的主语。这个主语可以把“生产的社会化和资本主义私人占有之间的矛盾”和“个别工厂中生产的组织性和整个社会中生产的无政府状态的对立”予以消除，手段是令国人纠结多年的那两个字——计划。在许多语境中，这个主语可以用“国家”来代替，但恩格斯明确指出，国家以社会的名义占有生产资料，商品生产和产品对生产者的统治被消除后，阶级差别和阶级对立也将不存在，对人的统治将由对物的管理和对生产过程的领导所代替，国家将自行消亡。因此，那时已经不存在国家了。那么我的“计划者之问”随之而来：国家消亡后，谁来计划社会生产、分配、消费和交换呢？“计划者”出错了怎么办？

不去想那么远。在无产阶级夺取政权以后、国家消亡以前，谁来计划社会生产、分配、消费和交换呢？显然还是得由无产阶级政权来计划。政权是由无数具体的个体组成的，个体的理性是有限的，因而由个体组成的政府的理性也是有限的。有限的理性无法对不断变化着的社会生产予以完全正确的计划，尤其是当这个国家人口众多、疆域辽阔的时候。于是就有了苏联计划经济的失败：生产肥皂的厂家依据政府机构制订的计划生产肥皂，不管产品积压还是供应不足，厂家并不担负任何责任，完全无视市场需求。我们在见证了苏联模式的失败后，更加相信在市场强大的“无形的手”面前，政府的计划往往孱弱地仿佛在惊涛骇浪中晕头转向最终难逃搁浅命运的鲸鱼。马克思、恩格斯为何那样坚信人类的理性完全足以构建一个超级政府，把千家万户的生活都计划得井井有条，使社会生产极大发展，并最终消亡自己？只有一种解释，就是 19 世纪的人们对人类理性的无限自信和崇拜。如果有闲暇和资料，仔细梳理大陆唯理论对德国古典哲学进而对马克思主义的影响，反思法兰克福学派和20世纪西方马克思主义对工具理性的批判，应该可以作为一篇博士论文的题目。

读《英国工人阶级状况》过程中，我发现恩格斯关于当时英国工人阶级悲惨生活的描写，与今天个别地区只能住“蜗房”“棺材房”的人群生活惊人地相似：“城市人口本来就过于稠密，而穷人还被迫挤在一个狭小的空间。他们不仅呼吸街上的污浊空气，还被成打地塞在一间屋子里，他们在夜间呼吸的那种空气完全可以使人窒息。给他们住的是潮湿的房屋，不是下面冒水的地下室，就是上面漏雨的阁楼。为他们建造的房子不能使恶浊的空气流通出去。给他们穿的衣服是坏的、破烂的或不结实的。给他们吃的食物是劣质的、掺假的和难消化的。这个社会使他们产生最激烈的情绪波动，使他们忽而感到很恐慌，忽而又觉得有希望……除了纵欲和酗酒，他们的一切享乐都被剥夺了。”这提示我们，王维平老师讲的“市场经济的弊端是全人类的”“社会主义不是被宣布出来的”是有依据的。尽管我们是社会主义国家，但资本主义国家原始积累和上升时期所经历的各种病症，我们或多或少还得经历。而且因为这个时代已经没有了美洲、大洋洲和非洲可以掠夺与倾销，即使有，我们和平发展的一贯主张也不允许那样去做，而个别先发达起来的国家又千方百计不允许我们过上和他们一样的生活，所以我们要罹患的病症也许还会更多。中国特色社会主义只有逐一地疗愈这些病症，才能实现强国建设和民族复兴。

无论如何，消除阶级差别和压迫，消灭货币、商品、私有制这些人类不平等的起源，实现共产主义，这一自柏拉图至托马斯·莫尔、圣西门、傅立叶、罗伯特·欧文再到卡尔·马克思和弗里德里希·恩格斯的伟大理想，应当成为人类精神世界永恒不灭的灯塔。

“马克思是我们时代不可超越的地平线。”——让-保罗·萨特。

偏僻的爱情

2011-6-6

迟子建获得鲁迅文学奖的中篇佳作《世界上所有的夜晚》中，有一个叫肖开媚的女人，她在乌塘镇上开了一家婚介所。有一个医生，老婆得了晚期癌症，就到这家婚介所做了登记，让先帮他物色着，反正老婆挺不上几个月了。这篇小说让人读着浑身发冷。作者仿佛一位面无表情的异乡客，见怪不怪地告诉我们在乌塘这样矿难频仍的小镇上，有一些女人婚前戴着节育环嫁给矿工，一门心思等着男人死在矿难中，获取丧葬费，这种行为叫“嫁死”。还有一个叫蒋百嫂的女人，许是迫于镇领导的压力，许是贪图工资，在她的男人蒋百死于矿难后，秘不发丧，把男人的尸体长年冷冻在冰柜里。这些情节都让人感到彻入骨髓的寒冷，冷到毛骨悚然，血液凝结。

无独有偶，在顾长卫的电影《最爱》中，想通过卖血挣钱，好买一瓶城里人用的洗发水，让自己的头发像流水一样顺溜的小媳妇儿商琴琴，因血液污染得了热病（艾滋病）。她男人小海把她赶出家门，于是琴琴与同样得了热病的赵得意萌生了爱情。琴琴想跟赵得意结婚，她男人小海也已经找好了新对象。可因为觉得琴琴给自己戴了绿帽子，小海就是不跟琴琴离婚，直到赵得意同意在自己死后把房子遗赠给小海。蔡国庆饰演的小海，多么像《世界上所有的夜晚》中那位医生：伴侣只是生病了，还没死去，却已经着手给自己续弦。

知名编剧李樯说："我只喜欢那些偏僻的爱情。"《最爱》正是讲述了一段足够偏僻的爱情故事。影片通过冷峻到荒诞的镜头，向观众展示了一个索多玛、蛾摩拉一般的罪恶之城。村民们视那些得了热病的乡亲为洪水猛兽，女人不要老公，男人赶走老婆，母亲嫌弃女儿，哥哥鄙弃弟弟。在死亡面前，亲情和爱情不堪一击。赵得意媳妇儿、琴琴男人这些人物形象，仿佛一台台冰冷的压路机，轻而易举地碾碎了观众对爱情的信心与憧憬。然而，随着剧情的铺展，我们看到导演是相信爱情的，他想要表达的是这样一个意思：死亡能够摧毁的，是那些没有爱情的婚姻。真正的爱情，即使不能战胜死亡，至少并不惧怕它。赵得意和商琴琴，因为得了热病，才从悲剧的婚姻中走出来，才在卑微的人生中第一次真正品尝到了爱情的滋味。从这个意义上讲，得了热病的得意和琴琴，却活出了和前妻、前夫在一起时没有活出的模样。热病，让禽兽回归为禽兽，让人还原为人。

赵得意的前妻、商琴琴的前夫，至少是因为自己的配偶得了热病，才离弃了对方。现实中，各种无厘头的断崖式分手、出轨、欺骗、家暴每天都在不间断地上演。形形色色自私冷漠的男女骗子们打着“爱情”的幌子肆意玩弄、翻云覆雨，在物欲横流的情爱江湖中练级。赵得意和商琴琴，从各自噩梦般的婚姻中解脱出来，在热病的庇护下，有幸经历一场甘愿死后埋在一起的爱情，这其实是他们的福气。安妮宝贝问：某天如果坐在飞机上，飞机即将坠落，可以打一个电话跟别人道别，那么可以打给谁？某天如果全世界都得了热病，死神即将来临，可以选择一个人和他埋在一起，那么可以选择谁？赵得意和商琴琴各自选择了对方。是热病这种病，让他们在死前终于遇到了自己的最爱。就算他们不是为爱而死，至少他们死时有爱。

“连霍乱本身也是一种爱情病。”——加西亚·马尔克斯《霍乱时期的爱情》

蝙蝠侠的正义

2012-9-13

在克里斯托弗·诺兰执导的蝙蝠侠黑暗骑士三部曲第二部《蝙蝠侠之暗夜骑士》中，已逝的澳大利亚天才演员希斯·莱杰饰演的反派人物小丑前所未有地将蝙蝠侠系列电影中反派人物的犯罪行为上升到了哲学思辨的高度。小丑有着完整的反社会世界观，他通过自己无懈可击的思维逻辑和天衣无缝的犯罪行动，试图证明约翰·罗尔斯在《正义论》中提出的论点：正义，首先是作为公平的正义。无公平，不正义。正义作为社会至高的抽象价值，其存在不能建立在不公平的基础之上。不幸的是，布鲁斯·韦恩，这位哥谭市首屈一指的亿万富豪，永远左拥右抱的花花公子，却喜欢在黑夜的掩护下，披上他那难看的黑斗篷，变身为蝙蝠侠，来为哥谭市施舍他那质言之由暴力和私刑构成的正义。事实上，布鲁斯·韦恩能够代表正义的现实基础是：他继承了家族庞大的军工企业。依靠着公司为他研制的尚未面世的先进武器，他才得以伸张正义。蝙蝠侠是有钱人，这是他与生俱来的原罪：原来蝙蝠侠的正义，是有钱人的正义。是资本，而不是别的什么，创造了蝙蝠侠这个暗夜里的怪胎，同时也创造了不公平的正义。诺兰在《暗夜骑士》中对正义与公平的思考太过深入，使得本片不仅成了蝙蝠侠系列中难以超越的经典，更引起了不少社会异见分子的共鸣。于是就有了续集第三部《蝙蝠侠之暗夜骑士崛起》在美国上映时，一个名叫詹姆斯·霍姆斯的科罗拉多大学神经系统科学博士把自己打扮成小丑的模样，制造了在丹佛市的一家影院射杀 12 名无辜平民的恐怖事件。假使人们对一个道理无可辩驳，人们很可能会选择相信并实践它。《蝙蝠侠之暗夜骑士》告诉我们，如果有钱人选择用暴力来代表正义，那么无产者只能选择用更为狂虐的暴力来反抗。

假使这样的反抗有朝一日获得胜利，世界会变成什么样子？在我看来，《蝙蝠侠之暗夜骑士崛起》旨在回答这个问题。如果说《蝙蝠侠之暗夜骑士》中的反派小丑代表的是天才个体暴力犯罪形式的反抗，《蝙蝠侠之暗夜骑士崛起》中的反派贝恩和泰特的故事则寓言了一场革命。是的，《蝙蝠侠之暗夜骑士崛起》这部电影的主题就是革命。革命是恢复秩序和实现正义的行为，是权力转移的方法，是受压迫者发泄不满和改变现状的途径，是阮小二们“一世的指望，今日还了愿心”式的殊死斗争。不管是小丑还是贝恩，诺兰镜头里的反派都是有社会理想和政治信仰的激进分子，他们的行为有时与某些殉教者或革命志士有着类似的动因。在本集中，贝恩与其说是一个犯罪组织的头目，不如说是一个革命集团的领袖，这一集团追求的唯一价值就是公平，而贫富差距是现实世界中最大的不公平，因此当贝恩领导的革命在哥谭市取得胜利后，他们立即成立了市民判决委员会，对那些富豪和高官进行不能辩护和上诉，也无须证据和审理的死刑判决。导演在此隐喻了20世纪若干场革命胜利后出现的全俄肃反委员会、柬埔寨红色高棉“21号保安办公室”等类似机构。

这样的革命在美国的意识形态中是不可能被允许取得胜利的，影片中阻止它的当然是蝙蝠侠。在用几个俯卧撑和引体向上治疗好了与贝恩搏斗中被撅折了的脊柱后，布鲁斯·韦恩少爷神奇般地重回犯罪现场，轻而易举地制服了贝恩。尽管收尾有些潦草，但我并不愿苛责诺兰。因为影片虽然在情节的转承、人物的塑造和武打动作的设计上存在一些小瑕疵，但在哲学逻辑上继续深化和圆满回答了第二部中小丑提出的问题。反社会、无政府主义在个人反抗阶段，哪怕有时采取极端暴力的形式，也往往容易被有些人误解为某种勇敢和值得效仿的行为。然而，一旦整个社会的反抗情绪达到了革命的燃点，一旦个体的反抗变成阶级革命，所有的浪漫都将不复存在，只有最残酷的铁和血的斗争。

年轻的毛泽东在《湖南农民运动考察报告》中说：“革命不是请客吃饭，不是做文章，不是绘画绣花，不能那样雅致，那样从容不迫，文质彬彬，那样温良恭俭让。革命是暴动，是一个阶级推翻一个阶级的暴烈的行动。” 如果一个社会想要避免影片中贝恩们的逆袭，所谓的精英群体必须更加注重维护社会公平。影片温暖的结局让我莫名想起欧吉瑟·莱昂内的《革命往事》。暗夜革命最终失败，侠影之谜继续流传，布鲁斯·韦恩少爷携猫女的爱情隐退在佛罗伦萨的阳光里，布莱克·罗宾成为新一代的蝙蝠侠，故事完结，故事重启。